密 涅 瓦 丛 书

M i n e r v a

现在，我干脆

站起身来。深秋的光线多么

清澈。它有醇厚的回甘

它从来不是二手的。它让

万物和我获得了一年中

最好的姿势和心态：

不急，不躁，安于凋零

安于被遗忘 。

……

2015年，北京798
赵卫民摄

敬文东，中央民族大学文学院教授。出版学术著作、小说、散文若干种。曾获得第二届西部文学双年奖·小说奖（2012）、第二届唐弢文学研究奖（2013）、第四届东荡子诗歌评论家奖（2017）、第二届陈子昂诗歌批评家奖（2018）、第十六届华语文学传媒大奖批评家奖（2018）、第四届当代中国文学优秀批评家奖（2019）等。入选教育部“新世纪优秀人才支持计划”（2013）。

多 次 看 见

敬文东　著

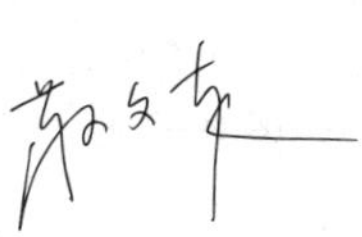

西苑出版社
XIYUAN PUBLISHING HOUSE
·北京·

图书在版编目（CIP）数据

多次看见 / 敬文东著. -- 北京 ：西苑出版社有限公司，2025. 2. -- (密涅瓦丛书). -- ISBN 978-7-5151-0981-7

Ⅰ. I217.2

中国国家版本馆CIP数据核字第2024V8J866号

多次看见

DUOCI KANJIAN

作　　者	敬文东
责任编辑	辛小雪
责任校对	汪昊宇
责任印制	李仕杰
开　　本	880 毫米 ×1230 毫米　1/32
印　　张	6.5
字　　数	92 千字
版　　次	2025 年 2 月第 1 版
印　　次	2025 年 2 月第 1 次印刷
印　　刷	三河市嘉科万达彩色印刷有限公司
书　　号	ISBN 978-7-5151-0981-7
定　　价	56.00 元

出版发行	西苑出版社有限公司 北京市朝阳区利泽东二路3号　邮编：100102
发 行 部	（010）84254364
编 辑 部	（010）64210080
总 编 室	（010）88636419
电子邮箱	xiyuanpub@163.com
法律顾问	北京植德律师事务所（电话）17600603461

密涅瓦趁夜色降临

密涅瓦（Minerva），罗马神话中的第二女神，仅次于天后朱诺，在十二主神中居于第四位，是主司艺术、智慧、月亮、医药、诗歌、泉水、战争的女神，高于爱与美之神维纳斯。她随身携带的符号和道具，是一只象征智慧的猫头鹰。

她对应着希腊神话中的雅典娜，同时还对应着另一位专司记忆、语言和文字的女神——十二提坦之一的摩涅莫绪涅，她是希腊神话在罗马神话中的二合一的变体。其中后者还与天神宙斯幽会，生下了专司文艺与诗歌的缪斯九女神。

让我们来设想一下：密涅瓦，冷静的，充满智慧的，以美貌与理性结合的，具有至高精神力量的，真正懂得并守护艺术与科学的……这样的女神，不就是离诗歌最近的一位吗？

而且有意味的是，她总是在黄昏时分，或者在夜色中降临。

但密涅瓦的象征还不仅仅是泛指，她是诗歌与智慧的结合，是理性与力量的合一。所以她更像是一位当代的诗神，因为当代的诗歌中，确乎凝结了更多“思”的品质与对“言”的自觉，同时也有了更多复杂、暧昧和晦暗的经验气质——正像美国当代著名的文化批评家丹尼尔·贝尔所描述的那样。

丹尼尔·贝尔究竟是怎么描述的呢？他说：

“启示录里，智慧女神密涅瓦的猫头鹰在暮色中飞翔，因为生活的色调变得越来越灰暗。现代主义胜利的启示录里，黎明所展示的光彩不过是频闪电子管不停地旋转。如今的现代文艺不再是严肃艺术家的创作，而是所谓‘文化大众’(culturati) 的公有财产。对后者来说，针对传统观念的震惊（shock）已变成新式的时尚（chic）。”

这段话很复杂，但意思是清晰的。密涅瓦所喜欢和管辖的诗意，在古典时期，是暮色或者黑夜的色调；在现代，则不得不掺杂了霓虹灯闪烁的景致。尽管它已被大众趣味与流行文化所感染，带有了消费与时髦的性质，以及对传统的颠覆，但这无疑也是“当代诗意”的一部分。或者说，在当代的文化与诗意之间，我们的女神已意识到——且不得不容许——它们实现了某种混合。

这与之前海德格尔的那些“启示录”式的话语，是何其相似。他曾叩问，在世界之夜降临之时，诗人何为?

显然，在以智慧打底的同时，诗歌在我们的时代具有了更多可能，它是创造与破毁的合一，是严肃与诙谐的混搭，是高雅与凡俗的互悖，是表达与解构的共生。

在技术的、机械复制的、消隐传统的世界之夜中，在大众文化的霓虹灯管的光影中，诗人何为?

本雅明和海德格尔们的药方，似乎稍稍有点过时，但依然令人尊敬。

他们的言说，显然也是“启示录”式的，所以有那么一点点悲情意味。而按照贝尔的观点，现代主义的胜利中，确乎应该包含了某种诗意的妥协。这同样是悲剧性的，但又属不得已。

那么就让我们接受这些现实，承认当下的诗意，它应该具有的——那种混合与暧昧的复杂性。这样，我们就会清晰地知道，在朝向一种逐渐清晰的当代性的道路上，适时和有效的写作，正变得越来越丰富和不确定。这是一个略显诡异的辩证法，但也是一个朴素和确定的小逻辑。

我们希望那些真正有抱负的诗人，会加入其中，他们决心与诗歌的历史作血肉交融的勾兑，同时又清晰地知道，如何以独立的见识，介入当代性诗意的发现与建构中。

显然，当代性的诗意向度，正是为密涅瓦而准备的。它在黄昏时分，冷静而机警地注目着人间，以智者的犀利，看透由历史转至今天的道路与秘密。

这正像瓦雷里所说："诗人不再是蓬头垢面的狂人"，他们总习惯"在昏热的夜晚拈诗一首"，"而是近乎代数学家的冷静的智者，应努力成为精炼的幻想家"。是的，冷静的智者，精炼的幻想家，瓦雷里所描画的，正是密涅瓦手上的那只猫头鹰的形象。

是的，猫头鹰！

注意哦，它不再是浪漫主义的夜莺。在它看来，夜莺的歌唱可能太过抒情，它那软弱而盲目的视线，在昏热的夜色中更被大大缩短。而现代主义的黑夜，加上各种斑斓之色与嘈杂之事的搅动，正好适合一直目光如炬的猫头鹰。

瞧，它趁着夜色降临了。

好，来吧，一只，两只，三只……

让我在最后说一点人话：这套“密涅瓦诗丛”，始自我与多位朋友的密谋，开始仅仅是为这好玩的名字而迷醉，后来渐渐想清楚了它的含义，便有了将之变成现实的执拗冲动。只可惜，在最初的谋划中，它的落脚之处突然消失，在历经又一两年的蹉跎之后，才终于找到了“西苑”，这块美妙的落脚之地。

现在，它变成了更为宽阔的名字——“密涅瓦丛书”，也为自己脚下规划出了更大的回旋余地。因为这里是林木葳蕤、生机盎然的“西苑”。

我们在等待着最优秀者的加入，他们对于那遥远诗神的召唤心领神会。

来吧，密涅瓦，快趁着夜色降临。

张清华

2021 年 12 月 6 日，北京清河居

目 录

壹

* 为包含创作手记篇章。

贰

| 壹 |

蒲 公 英

如果说日子仅仅让我们成熟
那柳叶间就没有我们的笑声
野地上就没有狗尾巴草的欣喜
如果说我们围在一起是命中注定
那我们就只好紧紧抓住对方的手
我们就只有用同一种语言谈笑

可是兄弟，我们都是蒲公英的种子
世界很大，生活的海洋又深又冷
没有鞋的孩子照样可以走路
现在该让清风送我们走了
一个个伞兵，一群群细小的乌鸦

排
天
而
下

1988 年 1 月

侠　客*

有了剑的时候
有了侠客

他们竖目冷眼
他们拔剑杀人
他们哈哈大笑
他们遭人杀戮

江湖上的风好冷啊
他们匆匆赶路
路好远啊
他们从不回头
暮云弥漫
寒鸦的叫声里
死气很深

终没有开花的日子
唯飞溅的血花
挂满剑身
日子一寸寸流过
几千年流过

>>>

女人的手横陈过来
覆在心上的冰
消失了

白发苍苍是一种幸福
子孙绕膝是一种幸福
唯生锈的宝剑和侠客之名
躺在墙角
默无声息

1988年9月

*

1988年9月的某个晚上，我走在四川北部一座小城泥泞的街道上。秋雨暂停，街道两旁灯火稀少。那年月，电视荧屏的黄金时段几乎被港台的电视连续剧全面占领，武打片是其中的重中之重。我刚从录像厅看了一部来自香港的功夫片，片中的英雄斩妖除魔后选择了隐居，和他的心上人一起。那时我尚不足二十周岁，却自以为懂得了英雄隐居的深意，心中不禁有了“误落尘网中，一去三十年”的声响，觉得唯有这样的人生才值得一过，于是有了这首小诗。十一年后，我客居帝都，供职于一家高校，曾在北京郊外偏远的村子里，租了一个两百多平方米的农家小院，经常周末驱车和家人在那里住一两个晚上。在农家院里，月明而见不到星星的很多个晚上，我常常想起那条泥泞的街道，想起那个不足二十岁却有隐居念头的年轻人，我很同情他“为赋新诗强说愁”的自恋、伤感和紧皱眉头的假老练。

2021年3月7日，北京魏公村

劝　告

把你最后的角票交给流浪的诗人
曾经腰缠万贯的阔佬
最冷的时候他会买一些布头
盖住冻僵的诗
最饿的时候换回一些糙米
填饱与脸一样苍白的胃

妖娆的歌女，把你最美的歌声
唱给临死的人，不管他是恶棍还是善人
在告别我们的时候
应该给他一点想头
伴他走上天堂或者下落地狱
甚至来生还是人

这一辈子你只能唱一次颂歌
快乐的诗人
那些在河中淘沙的老妪老翁
鬓角的汗水应该是你瓶中的墨水
写在稿纸上的诗行
应该是细细的河沙

不要悲伤了，从泪水中站出来
并且告别往事，当午夜钟声响起
将你惊醒，那是更鼓不是枪鸣
守夜人在为我们报告和平之音
放心睡吧然后放心起来，这会儿
我对自己说：起来，起来呀！

1988 年 11 月

重阳节

重阳节的下午
济公摇着烂蒲扇
经过鹤鸣山

重阳节是老人的日子
济公老了
济公疲惫了
秋风瑟瑟
济公的乱发瑟瑟

菊能傲霜
今天却没能傲霜
济公捉住一枝颜色寡淡的花
就说是菊花
就别在了袈裟上

坐在重阳亭里
烂蒲扇轻轻摇动
鼾声如蛇
在草间晃动

重阳节的主人——
我的父亲母亲爷爷奶奶
连带那些还没老
却走在山间的人们
路过重阳亭时
请放松你们的脚步

佛在他心中
他在亭子里

1988 年

阿毛，那两瓶酒 *

好事成双，所以得两瓶
阿毛，它们本来该我们喝
但你把它们提给局长大人了
此刻，日光灯下
局长和酒瓶醉在一起
我们坐在河堤上
夜这么深天这么冷
阿毛，有一口酒该多好啊
有一口酒我们会全身发热
我们就会跳起来发愿：
打死冬天，打死夜晚
很多东西都不是别人抢去的
阿毛，是我们送给别人的
送给别人我们就没有了
送给别人我们就只有想
有一口酒该多好啊，阿毛

1988 年

*

阿毛是一个真实的人物，是我的发小，比我大两岁。他个头不高，但体格极为强壮，在我们那个时时斗殴的野蛮小镇上，有他在，我和另外几个发小的安全就在。他曾经一拳把一个比他高一头的流氓当场打休克过去。毛兄生性幽默，妙语连珠，口若悬河。1988 年 9 月，为毛兄的某件小事，由我策划，他出银子，给局长送了两瓶沱牌曲酒，每瓶二十元左右。这是我此生迄今为止，唯一一次“行贿”。按今天的话说，那时我们还是“小鲜肉”，事后为自己的行为——主要是心疼钱——后悔不已。在此后的二十余年间，我为毛兄至少写过三首诗，还把他写进了小说和文章。每次写完，都像母鸡下蛋报喜一样立即告诉他，每次他的反应都是鬼火乱冒，继而满脸苦笑。趁交代这首诗的写作缘起，我要悄悄告诉毛兄：直到今天，我都是你暗中的崇拜者。而艾略特说，所有的敬意都是私下的。

2021 年 3 月 7 日，北京魏公村

创世纪

我宁愿相信：当人类
第一盏灯幼稚的光线
颤颤抖抖伸进地里
稻子就从那里长出来了
情歌就从那里长出来了
哔哔剥剥地生长着
把太阳也呼唤出来了
当太阳羞涩地说：
“对不起我实在太累”
于是情人们的呢喃
把月亮也呼唤出来了

当寂寞越长越大
情人们在月亮的证明下
于是孩子被呼唤出来了

1989 年 4 月

手　指

我爱黑色的田野胜过爱我的心脏
在它父亲般的肚子中有我们的种子
它平躺在时光之上、太阳之下
举起千百根手指吸收光芒
当早晨的梦被捆在床上轻轻呻吟
我们从卖奶老妪手中接过酸奶瓶
我们知道她的手指就是田野的手指
我们就从这里出发
奶在胃里像暖洋洋的三月
我们伸出手给田野洗脸梳头
我们的手指就是田野的手指
在爱的手掌里我们昏昏受孕
爱的手指就是田野的手指
我们的孩子就是田野的孩子
他们将双手插进空气中叫喊
他们细嫩的牙齿就是田野的嫩齿
他们在地上飞快地长着
他们的疯长就是
田野手指的疯长

1989 年 5 月

缥　缈

我无法深入这首缥缈的诗
有评者说三千里哀愁是此阕
可我的手指触不到这哀愁
滋生的土地。三千里远程上
草在哪里，伊人傍水而居
水在哪里，午间仍在锄禾
禾在哪里，农夫在哪里呢
这诗缥缈得像嫦娥的纱巾
少男少女们都热泪满面了
五千年前我哭过，五千年后
胡须似冰雪染过的白茅
有鸟在里孵雏，有蚂蚱
在预示冬快近雪快下了
这首缥缈的诗我无法深入
我只会站在田里任诗滑过
用手除草，提水灌苗
伊人立在井旁，用眼睛
梳理我的胡须，梳理我的脸
如同梳理龟裂的黑地

1989 年 6 月

邂　逅

死后，当我们的灵魂拄着拐杖
相遇在地狱一角或者天堂一隅
这算是缘分呢还是例行公事？
近旁就有茅屋酒家
有另一朵灵魂在里面喊叫
我们走进去和他招呼
三个人共用同一盏酒盅
五十年前打草鞋的皇叔
操刀的燕人和推车的云长
在酒家里密谋三十年后
关公走了麦城其他两位该怎么办
几分钟前还各不相干
这算是缘分呢还是不朽的命运？
死后，我们这些互不相识的灵魂
谁是刘，谁是关，谁是张
谁又是他们帐下执枪的士兵
拄着拐杖在酒家里，我们又能
密谋什么？先人说灵魂要走很远
才能走出一声孩啼或一声鸡鸣

而我们又能走出多远？当走到
另一个世界，我还卖肉吗
他还推车吗？你还打草鞋
叫皇叔吗？走到酒家，初逢桌上
这是缘分还是命运的例行公事？

1989 年 6 月

一字歌

有一个人藏在我的血管里日夜呼叫
他是什么时候进来的我不知道
有一个果子为什么老是吐血
我今天才明白其中的原因
有一个包挂在墙上挺起了腹部
将来最好给我生下一杯酒不管甜苦
有一双手偷偷在我脸上涂抹
留下的字我要过很久才能识破
有一根哨棒刚要落在我头上又移开
打在我和别人之间的空隙深入地心
有一滴血从我腿上流出
掉在地上我希望它是个冒号
有一双耳朵如果在倾听
就请紧紧贴在地上
有一双脚如果在奔跑
就永远奔驰，把风景留在身后
有一个人如果在追踪脚印
求求你不要赞美也不要吐口水

1989年9月

邻　居

当我收到你的信，秋雨下落了
在地球另一面我同样的位置
收到信的是位金发姑娘还是棕面小伙？
他们是在痛哭呢还是高兴得揪头发？
其实我们都是邻居，告诉我
你的屋离他的屋要近些
要不现在就打开你的门
让他进来吧，你们好生长谈
反正秋雨已经在下了
在另一间屋子里
我听得见你们的窃窃私语

1989 年 9 月

房　间

最好的房间只需要明亮：
在狭窄的空间里，堆满书
新鲜的思想被照耀得像串葡萄
头垂向大地。一场酣笑后
一场痛哭后，弯腰拾起的
那诗句啊暖烘烘恰如晨雾中
一枚枚秋枫，含蓄凝练恰如
这狭窄的小屋。记住，房间
倘若主人带着伤痕归来
伸出你的手吧——抚平
倘若主人荷锄出去，房间
用你的门盼他，永远不要关上
恰似一张巨口声声呼唤让禾苗长高
倘若主人坐在桌前天天写诗
房间，请安静，只允许灵感光临
只允许把你地上的土斟在灵感里
倘若主人疲倦了呢
房间啊，伸开你古老的温柔
让这最厚实的床，供他们酣眠
当鼾声雷起，那天又快亮了。

1989 年

召　唤

永恒的召唤垂天而下
让我起立、致敬，把浮躁的心
熨平。我看见召唤金色的音响中
山楂在从容成熟，鸟群在宁静滑翔

时间是甜的。在诗歌的源头
少女是红色的。革命与燃烧打成一片
睡眠的伪足铺开
让丰收躺在上面——

永恒的召唤垂天而下
绝望的人儿泪眼开花。把孤独
悄悄埋进坟墓。将祝福的姿势
纷纷抛洒，在水边种植着庄稼

永恒的召唤垂天而下
带走了我的日月，去了遥远的国家
只在临行前要我催促幸福快快发芽。

1993 年

老　人

白胡须的老人，举起短鞭
放牧着日子，像赶着一群
听话的山歌。在水边，白胡须的长老
席地而坐。看着日子在野地上吃草

溯河而上，白胡须的长老
拣起自己的脚印，一一编号。他要
收藏痕迹最深的脚印。回头望见
他的牧畜在野地上懒懒地吃草

白胡须的长老，顺流而下
把收藏的脚印一一铺开
站在上边，满意地笑了
顺手把剩下的脚印当作擦汗的毛巾

站在河水中央，白胡须的老头
把毛巾裹在头上，迎风招展
满面忧伤。回过头，看见
他的牧畜伏在地上，像轻柔的闪电

1994年3月

黑衣客*

夜行的黑衣客出发了：他在
宏大的景色中，找到了兄弟
在需求保护者之中，看见了
他的孩子。

他把地球母体内丰腴的鼓鸣
称作朋友；向勤劳的星光问过好后
径直来到了人的居所。

夜的掌声寂寥地响起：这个黑衣客
他不知道无边的夜究竟在欢迎什么
其实种子早已破土，人的居所内
白天已经贴到了夜的肚脐上

夜行的黑衣客笑了。他认定
灯下的红衣姑娘就是这个夜晚的女儿
他要把今夜如花的掌声分一半给她。

1994年3月

*

1994 年春，泉城济南的各种花开得都很灿烂，好像在启示我，这正是恋爱的好时节。那时，我暗中爱上了一位来自湖南的姑娘，她常常穿着一件红毛衣，漫不经心地走在校园里，很打眼，但也很容易被忽略。那时，我表面雄辩，实则腼腆；妄自尊大，却伴随着深夜暗中浮起的几缕自卑。为爱而不敢当面陈述的心境，凡是幸运的过来人都懂得其间的甘苦和奥秘。《黑衣客》就是这种心境的产物，它羞涩，却明目张胆；想说点什么，却欲言又止。后来，我们结伴去了上海，再后来，又结伴来到北京。如今，我们的女儿在上高中二年级，她懂事，会洗碗，会煎鸡蛋，很节约，过马路从不闯红灯，也决不会把哪怕一平方厘米的废纸扔在街上。

2021 年 3 月 7 日，北京魏公村

打　劫

在三月，我坠入深渊
行走在痛苦茫茫的草原
寻找那些身披幸福袈裟的人：
我是一个打劫的刺客。

三月：伤口开花的季节。我坠入深渊
举手撕下一片白云擦拭枪膛
又对着另一朵白云开枪。我看见
所有的人都满面忧伤。

痛苦在他们面前蹦跳、游荡
我绕不开它：生生不息的痛苦
不怕子弹。我向唯一的幸福者
开枪，响声闪进了他的心房

我将他埋在草原上、泉水边
剥下他幸福的衣裳，披在肩上。
好兄弟，你已经穿了很长时间
应该满足，无怨地长眠。

我会很快把失去光泽的
衣裳还给你。好兄弟
幸福的总量不变，你要为别人想想
茫茫的草原上就你一个人亮亮堂堂

在三月，我背着双筒猎枪
行走在一望无际的伤口上
像古代的侠客劫富济贫，把幸福的
衣裳送给痛苦的邻里，也包括我自己

1994年3月

山　楂

现在是心平气和、自愿认输的日子：
山楂行进在乡间、城市和水边
红脸膛的小母亲，并不因
生养了那么多的子孙洋洋得意

它们懂得如何保护自己。
在怀孕的日子里，谦虚地
沉默，歌声让给鸣蝉；
在时间的律令前，惊讶地呼吸。

长不大的小母亲，永远对世界保持
绝对的神秘。从不念佛，也不相信
界限那边的钟声。悄悄来，默默去
像上帝面前轻轻燃烧的一盏烛灯。

小小的山楂，行进在路上
越走越胖。四周沉静如水
站在星之下，暗之上，吸收了季节
过多的赠予。面对气宇轩昂的天空，

长不大的小母亲
平静地走到白森森的牙齿前
视死如归；疼痛使脸涨得更红
如同在拼死分娩。

1994 年 3 月

我们的时间

时间在万物的胃中燃烧，替代消化
让苹果鲜艳，少女的脸庞红润、甜蜜
让梦在地上舞蹈、歌唱，向主人示威
让各种观念最后都尸首纷陈：

这是毋须点火就能燃烧的物质
是燃烧后绝无灰烬的一砚奇迹
这是我们命中注定的时间

孩子握着时间之火的手
“随我来，要不我随你去”——
这个无罪的羔羊就如此被流放了
穿行在事物的良心里，忘记归来

你会在黑夜的心脏处看见一团火
你会看见孩子在火中歌唱、舞蹈一如梦想
你一定会明白这堆心形的火，它永无休止

1994 年

三　月

三月和我们居住在同一个客栈里
那么温柔，连花蕾都低下了头
将冰雪开除，将春天抓捕
三月三月，三月伏在田里叫

能够等待它的人有福了
我们长出一口气，惋惜那些
在冰雪中愤愤而去的伙伴
你们为何不懂得宽容和忍耐？

我们就从这苏醒的中心出发
把三月扛在肩上，随手摘走
那些挂在树梢上的孤独
然后将它们乔装打扮。

三月的目光从我们肩头射出
掠过亲爱的季节
告诉那些还在酣睡的人们
山楂红了，山楂红了。

1994 年 3 月

从名词到动词的跃变

1. 深渊：名词

患风湿的骨节中透出的疼痛
告诉我：这是深渊。
狂风、雷雨在静默中等待再一次
冲刷人类的脚印和骨头

我在深渊中走动。
在人类的脚印边伫立
把人类的骨头盯了又盯：
轻柔、易碎、入口化渣——

这显然是深渊中的大哭者留下的。
人们叫你懦夫，而我不。
如同小鸡从破碎的卵壳中大哭着
走向生命，我凭吊你们：

大哭的先烈，深渊中的变节者
最后把命送在这里。时间把它的
闪电寄存在你们的骨头里
在我捏碎你们时电闪雷鸣：

>>>

这是深渊的雷霆，深渊的雨水。
我看见许多人在无声地走动
铁青的脸，血红的眼睛
双手在虚空中想抓住些什么

他们之中一定有人梦见了
一个翅膀的世界。不能再等了。
我已经看见一只蓝鸟飞来
衔来了我们的家信？且打开看吧——

2. 中心：名词

看吧！梦比米小。灾难比房间更大。
这是暴力的中心：风在这里驻足。
一段被锯下的台风，睁开独眼
又想望见什么？人类的痛苦在这里居住！

我听见了从中心传来的吼叫声：
又有一些不屈的人被绑架了。
他们一定跟我一样，曾试图绕开
所有的人类教训，还是掉进了陷阱

一片树叶注定不会只让一个人看见
或者根本就没有人看见：
两者都让人叹息。吼叫声又能击碎
几个人的心脏？中心的风滚滚发烫……

我独自活着，远离中心而又紧挨中心
我独自活着。迎面遇见的陌生人
告诉我：“流年不利。”
又匆匆远去。

中心在眼前或远方向你招手
季节伸出大脚将你踢来荡去
你又能救出几个被绑者？陌生人
你要活着回来，人类很孤独——

3. 谈判：动词

但不要伤和气。可以尖锐，刻薄
围在圆桌前，也可以席地而坐
在丁香和山楂十万里的距离内

把观点摊开。我们当然是对手：我想
说服你放我一马，给我留下最后一扇
未上锁的门，使我在天亮前

能赶回家去。生活在等我。
火苗抱着木柴在专注地生育
它难产的声音在等我。

如今的情况是这样：你不发言
我谈判却找不到对象
我说扳扳手劲吧——

又找不到另一只手。
十万里的距离很远，很模糊
以至于无法仗剑决斗，所谓上帝

无非是不出场的裁判，不吹
开场的口哨，也不劝谁参战：
这已超出了一个裁判的权限。

4. 栖息：动词

……蓝鸟飞来，衔回了我们的家信：
再生的橄榄枝，诺亚的惊喜——
这一次已无可怀疑。从平地
坠入深渊，在深渊中走动，

把家驮在背上：穿西装的蜗牛
将坚硬或者轻碎的骨头码成
遗憾。死的死去了，活着的
靠最后的希望和坚持救命。

父亲指着深渊对孩子说："一口老井。"
这已是站在陆地上的口气，痛苦
骄傲而又漫不经心。鸟儿在天上飞
最远的山楂在独自血红，如今

被孩子摘在手中，随便的举止
让人悚然心动。所有人都看到了
这一幕，全将头调向另一边
时间依然踱步，无视这一切。

>>>

孩子不用翻遍人类的山头，不用收藏
山楂。在漫游之处看到火红的一片
不会惊喜、流泪。只需随便坐在树下
或者送一枚到口中，毫不犹豫地咽下。

1994 年

花圈店

来和我一道生长吧，兄弟。

——聂鲁达《马楚·比楚高峰》

1

站在出生与坟墓这个哑铃之间的
是花圈店。
一万个相似的日子，只是一个日子
一生只需记住全息的一天。
而这是独特的一日，无法替代的一日：
这是扎花的一日。

祖传的事业、传统的手艺：花圈店
天下的旅人止沿着你走来。
死比生更醒目，无意间证明了
生的失败：
生只是一双轻描淡写的竹筷。

死在夏天，死就是火辣的
死在没有花的冬天，人们用纸做花——
雪花不算花，她只是燃烧的刺骨的冷。

2

如果死亡是一次行动
那活着就是静止——
从不变的日子到千篇一律的一天
中间是起床、工作、勾心斗角和吃饭。
喧嚣的寂静是它近视的眼珠：

长睫毛的一天，在这里安眠。
周围是纸做的花圈
为死者的一生做了老练的总结。

因而花圈店是一场真正的假面舞会。
人们为死亡悲伤，也在祝贺死亡：
死亡留下了另一个空位，另一双筷子
为虚拟的新生提供了新的猜想：

西半球一个人倒在纸花丛中
东半球一对爱情的囚徒领到了准生证。

3

当时间偶尔打盹，留下可疑的虚空
当四十度的夏季，超过正常体温的夏季
把夏季的一小块贴在人的额头
人开始高烧、呓语，在胡话中
与死亡周旋。

在去花圈店之前，他交代后事
把贞操的一小块托付给妻子
把千篇一律的众多白天送给儿女
将回忆的义务赠给周围的亲人：
它们注定会在一个小时后的花圈店被重提
在两个小时后被忘却。

正如一朵不合时宜地开放在春天的菊花
注定要被正统的季节摘除
那被忘却了的，并不是不重要
恰恰是因为太重要
以至于所有人都难以做到。

4

在所有的死中，只有儿童的死
是黑暗的，黑暗到看不见遗言
在所有的花圈中，只有儿童的花圈
最小，小到与活过的日子成正比。

量化的数学用于死亡的测定
是一件遗产。
这个孩子匆匆来过一回
只留下了黑暗的死、花圈的比例
和不远处的青春中一小碗死亡的因子
当然还有较为真实的痛哭，以及
痛哭的重量。

5

纸做的花圈
给时间抹去嘴角的污血
充当的是手纸的角色；

纸做的花圈
也给情人揩去眼角的泪水
它充当最柔软、最悲痛、一次性的手绢

在这里集合，在口哨声和仓库之间
在生与死之间隔着的花圈店
情人们在这里指天举义
只竖起一根指头

而从花圈店到坟墓的通道
是黄金通道。
一孔墓穴最后装进腐烂
将永不腐烂的生，千篇一律的日子
关在外边。

坟墓：时间的刀剑丛林。
在叮当作响的刀林剑雨中
一只蝴蝶飞翔，这永远都是最后的一只
一双手做合十状，也是最后的
一双吗？

1995 年 7 月

最后的歌谣

第一首

这漫天的闪电令我感动
故事在夏天成熟，张开了传奇的嘴
在黑暗的事物中驻足、凝眸
坐在闪电痛苦的光芒里，上升、下降

当闪电被天地收去，当黑暗的事物
陷入更炫目的黑暗，你走来了
水边的姑娘，波浪的姐妹
闪电的同志，故事的看门人

提着背囊、眼泪和油菜花的笑容
在故事的庄园里守夜、打更
报告闪电的呼吸、远方的脚步
怀抱我从未来捎回的一小枝松树：

你被故事俘虏，被未来占领，在闪电
来临之前哭泣、欢呼，却回不到水边的家

第二首

怀抱我从未来捎回的一小枝松树
你怀孕，生产，像时光一样
不断孕育新的日月。将新生的血捧在手中
让乳头呈现田野一样的颜色

穿过燃烧的岁月，我们偶然相遇了
爬坡的眼泪淌着汗水
道路的拔节声和心跳扭成一团
你哭叫着把辟邪的火都收集起来

堆放在时间的御座前。
追踪幸福的姑娘，最后被故乡
命中，吊在它高高的十字架上

在过不去的界限边，你揪住
爱情的领口。在你的抚摸下
一切有名有姓的死亡都将归于虚无

第三首

一切有名有姓的死亡都将归于虚无
在你的抚摸下
祖传的死亡被新生的节日所取代
两个孤儿组成的小小的生态系统

只是孤儿的一半。你谦逊地生育
要把这一半也无限减小。
早上你从水边启程，晚上你到达这里。
把远方丢在远方，命令从前去看管

背负着不同的姓氏，共同的遗产
在结冰的时间中遇到了春天的秘密
从身体里掏出青鸟，分别写上对方的名字
啊，你从婴儿出发，在我们的家中住下

把脚印，这大地的膏药
贴在孩子们患风湿的关节上。

第四首

你的辛勤生育，直接产生了微分学说
——你把孤儿的比例渐渐抹杀到零。
为了让我这个被击败的人也能重新站起
你把膏药也贴在我肩头：

如果时间的门注定要关上
如果歌谣迟早都要背过身去
在你的搀扶下，我还要和灾难友好相处
不是为了新生，而是为了免于死亡

到那时，不会再有天地，不会再有
拯救、白雪和故乡。不会再有分开的手
它们注定只用于紧握。我们注定要以自己
为岁月付账。这个陈旧的故事

在夏天成熟，
在秋天就会被闪电阅读。

第五首

你老是躲在一洼清水中
我必定会在发炎的喉头上找到你
你也会在我带血的嗓音上活着
当天上的上帝死去后

我们从清晨来到黄昏的山巅
将名词的家转化为动词的庙宇
将感恩戴德的露珠收集起来

你说“要有光”，于是天就亮了
你看叶脉是好的，于是你要了植物
时间渐渐老去，而我们还相对年轻

当姓氏永远不同，血缘却渐渐合一
当我无意间睡过了头，醒来时百年已去
我和我的时代互相扑空
而你依然是满头青发。

1995 年 7 月

距　离

如同礁石守住了大海茫茫的孤独
稻子守住了汗珠浑浊的原样。
哦，南国的水稻，我故乡的水稻
远离开花有五千里之遥

没有一粒稻子能领你回家
它的生命超不过
五千里这近乎绝望的征程

穿过已发现的季节，走遍天下的羊肠小道
青山已改，绿水不流
面孔已随季节千变万化

打不上我的私人图章。
在辉煌得令人痛哭的落日中
太阳升起了苍老的翅膀。

在无法完成的牺牲面前
在空无一人的人海当中
我能守住什么？我拥有的是
殉情的故乡，还是远视的水稻？

1995 年 8 月

夏　天

门外是无边的夏，炎热的夏
我侧身挤进高温的夏，又抽身而出
顺手从它庞大的身躯内掏出一小把冬天：
被汗水包围、能让声音结冰的冬天。

除了越过寂静踱到窗前的蝉声
和夏天共披一张胞衣的蝉声，如今
一切都过去了。高蛋白的蝉成了饥饿的
佳肴，当然还有蚂蚱，那些还未进入秋天的

蚂蚱。摆在一千元一桌的酒宴上。
夏天成了餐桌的主席
含笑鼓励永远长满粉刺的肠胃
夏天越吃越少，只有几枚瘦弱的蝉壳

依然躺在盘内。它们是饱食卑微的
弃儿，是最瘦的夏天。就像难以治愈的
诗歌病，是即将过去的夏天留给我的
唯一遗产。时光翻过了这一页。

门外是无边的夏，炎热的夏
曾经在诗中待过的太长又太短的
日子，跌跌撞撞又来到我眼前
——而怀旧的时代终于过去了。

1995 年 8 月

咳嗽：给康德

感谢你，给我带来了一火车皮的风景、
短暂的豪情和某个荒唐的念头。
但最荒唐的往往也最真实。
你说："天上的宇宙星辰。"

我接住了你的下一句：
"心中的道德律令。"
从人间的窗口，眺望上帝的秘密
拿着一把十八世纪的榔头，敲打铁铸的

事实和黑暗。特别是黑暗中
最古老的精灵。你掀掉一座房屋
怀疑地察看它的底座，然后再复原。
这就是你：人类中的黑猩猩

最后把你之外的其他人变成了猿猴
而在历史的转弯处，传来了理性
骄傲的咳嗽。像一个巫师抓住最荒唐的魔念
你把咳嗽捧在手上，惊奇地打量。

1996 年 12 月

老家的朋友们

1. 丰收：给 C

丰收注定要变作盘中的食物
余下的号称种子，灰溜溜的种子
——这是你和我都懂的公式
这就是你：独白的一半，狂想的四分之一

却又是我整个的故乡。
置身于舞会、公务和制服的喉结
而在寂寞的边缘轻身擦过

你的故事自有一把钥匙来讲述。
而此刻，你费尽心力，终于打开了房门
拣起一个男人四十一岁的人间生活
为别人的美好泪下，为自己的灾难沉默

最后坐在不朽的餐桌前，面对米饭和酒
死去活来的故乡，从她的子宫里
你只是泰戈尔笔下掏出一粒玉米的乞丐。

2. 秋天：给 L

是什么组成了母亲的心脏？
该用什么仪器测定秋天的容颜？
这是你一直想弄明白的：
没完没了的季节要以吨位来计算。

一只蜜蜂死去，浑身爬满秋天的残忍
秋天，把一切都促成为孤儿
又用绝不多出一口的果实保护他们——

你穿梭在一只蜜蜂和刚刚够吃的果实
之间，如同从道德的左边向它的右边开拔
送走可能的出发，把昨天留下——
你胜利了！但你终于认输了。

有一首歌叫母亲，有一种黑暗叫孤寂
有一条路通往家乡，而另一条不通往
这是我认识你十七年后刚刚弄懂的阳光。

3. 战争：给 Y

生错了时代的人，渴望当将军的人
和平的年头，只得溜上赌桌
进行一元钱一盘的战争
啊，那该是多么廉价的战争

——在巨大而灰色的故乡
一个漆黑的小点在成熟，在长大
像一个卑微的梦想，一口怀才不遇的闷气
以几乎五岁每秒的速度，从狼烟四起的

赌桌，你又回到人间的一天。
那时天还未亮，你向早晨
挤睡眼，仿佛眺望五千公尺外的哨所

消息树倒了！敌人上来了！
唉，你还来不及摸清各种火炮的口径
就被路灯下的一根影子绊倒在地。

4. 嘴唇：给 J

像食物穿过饥饿，糊涂的旅人穿过地名
并随手把众多地名消化、抹去
靠允诺维生，打开小小的希望的房门
向生计偷运军火

像梦见最高奖赏，你梦见了最后一刻
强迫黑暗与心脏押韵，命令灵魂
在此时也应该哆嗦一声，直到
在虚无的面前，一切事物都成为兄妹。

像缺了一角又重新补上的圆形声音
你约等于一个浑成的句子，一道真值命题
向性别求证？向风暴折腰！

如同傍晚一样，风暴在你的手掌上
转瞬停息。天暗下来了——
在盛满黑暗的杯子前，总有你饥饿的嘴唇。

1996 年 12 月

赶路：给祖父

像泥土引领种子上升，你引领我
认识了房屋、茅草、季节直到世界
从最初见到的云朵到眼前的生活
如今，你躺在故乡的一砚泥土里

褪尽了衣裳，褪尽了被生活泡咸的
肌肉；剩下的是骨头，这最后的纪念
被大地保存，被黑夜收藏
黑夜打开又合上。

你朴素的名字，依辈分而来的
名字，让更晚的晚辈挽留
他们掂起你的名号，既熟悉又陌生
转身就走进了生活的深处。

再难得有人回望你一眼。
古旧的锄头，土铸的房屋：你的遗产
只剩下那把油亮的躺椅
也快要在遗忘中丧生。

>>>

但你走过的路依然还有人要走
其中也包括我；你传下的生活
抑或灾难，还在继续。
当然，你也在赶路：

十六年了，假如你已投生为人
尽管我不知道你是谁，你在何方
但总在人世，或许就在我身旁
对不值得了解的人类，我竟有了探问的渴望。

1997 年 9 月

神灵：给父亲 *

在电器时代，一切朗如白昼
除了你，还有谁把鬼神当儿子般地怜惜？
从梦中找寻神灵的征兆和传记
为某个臆想中的鬼神的受难担惊受怕

扔掉谎话，又重新拣起它的
一鳞半爪，以对付日渐难耐的生活
为你死去的父亲竖起界碑
匆忙中却又写错了碑文

三十五岁结婚，五十岁
修了自己的宅屋。对亲手抚养出来
的儿女，当神灵一样地怜惜
给他们的浪游提供的钞票

有如逢年过节烧给鬼神的纸钱。
看到儿女长大，长到结婚
宛如看到鬼神凡俗的一生——
为了证明神的存在，你让我们生下来

>>>

但神与人的战争总以人的胜利而结束。
你的肠胃消化不了来得太容易的胜利
哎，作为一个切过肠的人
你的火气分明是太大了。

在匆忙的时代，一切轻薄如纸
还有谁把生活当作神灵来怜惜？
你老了。摆弄着坛坛罐罐，听着它们的
回声。而我就是你曾经写错了的碑文。

1997年9月

*

1995 年，我硕士毕业后留校工作，暑假期间就没有按例回老家探望父母。忽然有一天，父亲辗转数千里来到我工作的城市。父亲自称命理师，说他算准我近期会有麻烦，需要拿一件我贴身的衬衣放在他枕头下睡一个月，麻烦才会免除，专业术语叫作“禳改”。他这次就是来拿衬衣的。我很诧异，为何不写信告诉我将衬衣寄回去呢？但我马上就明白究竟是怎么一回事了。两年后，我在上海读书，整天被一句也听不懂的上海话所包围，在孤寂中有一次突然想起了这件旧事，也就有了这首短诗。父亲是一个很严肃的人，懂得在我这一辈已经失传的礼数，严格遵守父子之间的老派规矩。我和他分多聚少；他对子女的爱，从来没有体现在嘴上。他在 87 岁那一年病逝于川东北一个风景如画的城市。他从来没有读过这首诗。他甚至不知道世间会有这首微不足道的小作品。

2021 年 3 月 7 日，北京魏公村

凡人：给母亲

作为我诗歌中出现的第一位女性
你早我二十余年来到人世
经过贫困、道路以及与生活的争吵
你成了我命中注定的母亲

和凡夫俗子讨价还价，最终也成为凡人
拿辛苦节约下来的钱，供奉丈夫心中的
鬼神。你争辩、吵闹，偶尔也砸烂一只碗
却又要为如何补好它心机费尽

就这样开始了新的一天。
生活很简单：没有鬼，没有神
仅仅是砸烂一只碗，再设法补上
你走出房门然后又回来。

嗓门大，身体胖，肩有力
这都是你生命的必需品
你的美依照生活来剪裁
把不屑一顾奉献给了书本上的定义，

对我父亲供养的鬼神也将信将疑
但你仍然能安全抵达祭祖的坟林
却又坚决反对铺排、浪费：活着的
依然活着，死去的早已死去。

没有仇人的日子是多么美好。如今
你学会了麻将，进行五毛钱一盘的
退休生活。除了苍老和风霜
你把健康和完好无缺保持到了麻将桌上

1997年9月

如　今

1

是的，我放弃了玄想、悲哀甚至尖刻的
语言，成天驰骋在轶闻琐事之间
不再为人类担心，不再为历史发愁
正想和凡夫俗子交心，他们已经淹没了我。

如今海水漫上了我的额头。
我的不良习惯正在一点点死去
我的优良品质还来不及生出
但一位巫师说过，它迟早都要展露

我一一采访了曾经鄙弃过的事物
它们住在贫民区的小道上，自成村落
我想将它们插在我的上衣口袋
却没想到会即刻死去。

这时还能看见希望的人已经不多：
当然，我就是其中的一个。
我不曾被人欺骗，只是被梦想所误
岁月溃烂，胜利只是一段躺在往事中的枯木

曾经关于道路的传奇我早已放弃
如今，我只看中了其中的一种学说：
活着并不是为了证明道路的存在
而我注定要死在某个意义的途中。

2

我要把昨天丢弃的人间细节
重新捡起：在整个挥汗如雨的季节里
我给他施的肥最少
这一点我从未忘记。

我出发，我行走，一直来到一摊往事
和秋天的摇篮边。然后我坐下
翻开早已破旧的棉袄，寻找
我的心血精心喂大的虱子

而抬头望见多少冒号在空中闪烁。如今
我不再摸印有红双喜的彩纸，不再
对命运指手画脚，说三道四
在令人揪心的秋天，保持平和的心境。

相信每一个神都有一个人间的
出生地，曾经对我是多么困难
没有人在乎我发明的公式，也不会
有人看见另一个人发疯的梦境：

经过古老的漫游，我回来了
带回了一条在西风中深入的街道
我出发，我行走，我沿着它质朴的方向
要把昨天丢弃的人间细节重新捡起。

3

我要向梦中不认识的人致敬：
感谢你们屈尊光临我的黑夜；
从前我们争吵、搏斗、刺刀见红
或为某一个虚拟的意念抱头痛哭

如今我们客客气气，握手言欢
在我还没有来得及做出送客的
表情前，你们已经推门离开。
我醒来，这是习以为常的七点半钟

这是人间的早晨。我开始在叙述中
自学那些和庸常的事物相重合的句子：
“不能永久生活，就迅速生活。”
把注定要稀释的日子浓缩

在深渊曾经枯瘦的肋骨上，吹响
感恩的歌子和即将到来的夜晚
梦中的陌生人，我的兄弟，一枚土豆
也许就能击碎所有的人间苦难——

对于早已听厌的歌，我还要再听
对于遗忘了的梦中人，我要去人群中
发现，而对于那些还在痛苦中做梦的人
但愿我是你梦乡中作为回报的过客。

4

太好了，人同情上帝的时代终于到来
真是太好了。不胫而走的消息
传遍天下，也击昏了少数几个人
偶尔到来的胡说乱侃俘虏了我：

>>>

夹着公文包我去上班，附带一点
勾心斗角。在上帝被同情的时代
我最多只能算个漫不经心的
神迹收藏家。在我太多的叙述中，

生活已经走样；而我经历太少的人生
也被反复涂改。比如面对一张
资格审查表，真不知从何说起——
从什么年代开始了我的生活？

究竟从几岁才开始了我的人生？
有太多的掌故需要钩沉、打捞
乘着公共汽车，我去追赶一张小桌上的午餐
这不胫而走的消息，传遍家乡
又被我有意遗忘。

我不断给自己的行动加注，不断地
引用被人同情的上帝的时代。我认输
我只有去梦中收购神灵遗留的脚印。

1997 年 10 月

剑　阁*

1

依山而居的小城，有两座吊桥、三座拱桥
（最近一座在我离开五年后建成）
下面是时断时续的闻溪河水，一个人
曾溺死其中，更多的人要靠它抚育：

土匪出没的地方，也有幸养育了一位将军
两三个知识分子，一个已经中风的
濒于死亡的花鸟画家，和数不清的
推着小车沿途叫卖青春的酒吧女郎

他们湮没在众多的面孔中又各具特色
对着城东的鹤鸣山
露出单纯得让人猜不透的笑容
和历代咏颂小城的格律混成一团。

黑夜来临，每天只赚够酒钱的光棍酒鬼
躺在地上呼着酒气，睡眠在头顶盘旋；
少女被爱情追逐，她粗陋的面庞
让人晕眩。这是小城司空见惯的一景，

却让外来人大吃一惊。明代的钟鼓楼上
里仁巷旁边，一个婴儿诞生了
他是一粒射向未来的子弹吗？
或者是不可抗拒的冰冷的自然规律？

2

我倾向于后者。
沿着闻溪河水向上，人迹罕至之处
遗世残存的骷髅展示了未来的含义；
偶尔闪亮的微光，不是不屈的呼喊

仅仅是速朽的磷火。
在可疑的骷髅身边，我捡到了十元钱
（它显示了死者和人间的秘密联系）
……我用它购买了一盒香烟。

那时我贫穷、年轻，满脑子
远走他乡的可怕念头，为终有一日
会老死故乡担惊受怕。躲在幻想的
竹林里，与生活赌气，视剑阁为仇人，

对站在阳台上骂街的师范教师
报以长笑；对偷情的邻居心怀叵测。
而对突然间到来的躲躲闪闪的
道路和奇迹，惊慌失措，面色如土。

3

我曾在剑阁的乡村师范做过几年教师
传道？授业？解惑？扯淡。
对书本我略知一二
对生活只是一知半解，

悲观的一天，绝望的季节
我指挥学生挖土，咒骂坏人。
风景在晚报中，意义在社论里。我念报，
偶尔也打开这本书的第 2896 页：

“凡是将来有一天能实现的事
现在寂寞的人已经可以起始准备了
用他比较确切的双手来建造。”
“都听懂了吗？请举手。”

满教室一片茫然。但我永远没有耐心
看到一本书的第 2896 页
这个近乎无限的距离和天堂一样遥远
这是个和死亡相重合的数字

我合上偶尔翻看到的这一页，顺手
将请假条夹在书中。我走出门去
看到闻溪河边，一位体育教师
正在钓鱼。他并没有钓未来：

……未来不会轻易上钩。

4

在这里，我被人介绍，被人接纳
不断向一个个臆想中的恶时辰扑去
写诗：关于侠客，关于江湖；
工作：批改试卷，嘲笑纸钞，

最终被纸钞嘲笑。
每当月末便得“戒荤”，让嘴
淡出鸟来；让饥饿随着季节长高：
……在剑阁，我收藏了许多关于饥饿

的知识，得以在今夜一一展览。
它们走到今夜的饥饿面前，称它们
为兄弟，渴望着不久后的儿女亲家。
……对此我早已漠然。

在剑阁，我把这一切曾比喻为橘子
一切最终都归纳到吃、嘴和胃：
“五分钟是一小瓣，
半小时是一大瓣”，

我接着写道：
“只有吃下才知道这一瓣
是酸是甜，我想给你一瓣
可是我不敢。”

给谁？给牙齿？
牙齿咬痛了手指才知道橘已吃完
但肚皮未饱：
我被人介绍，也介绍他人。

5

哦，住嘴，秋天！计划中的秋天！
被众多的感伤、忧郁、愁闷包围的秋天
整天坐在朝西的房间里，我走动，坐下
把烟卷撕裂，听见人间的嘈杂声

在房间里空洞地穿过。
我眼睛近视，食欲衰退
现实马干蜂样猛刺我一针
揉着红肿的肌肤，我砸碎了一面镜子

……然后走到秋天里。
秋天的鹤鸣山上，道教的发源地
躺满了埋在公墓中的人群
我们听见了共同的秋声

啊，想起来了，那天是重阳节
我开始向久别的朋友们写信：
“阿里，你那里枫叶红了吗？
从你潦草的字迹，我知道
那是秋风吹散的
你多么有力气啊，那一回
你一拳就把一个流氓打倒在地
现在我想通了
你以前告诉我的话是对的。”

如今我不会再在秋天写信。
写信是原始人的爱好。我已经进化了！
而我主要是忘了写信的格式
哦，秋天，住嘴吧！

6

在剑阁，人民以山为家，
种植玉米、小麦、水稻，现在是烟草。
在剑阁，没有必要弄清是非。
在剑阁，洪水经常爬上明代的钟鼓楼。
在剑阁，小车队总压扁春节。

在剑阁，我丢下了许多渺小的残留物，
会被后起的人们收藏。
在剑阁，你可以变坏，允许你变坏。
在剑阁，我失去了也得到了。
在剑阁，一切都将从头说起。

1998年10月

*

四川省剑阁县是我的老家，县治在普安镇。十年前，下寺镇取代了它曾经的地位，不过，该事实一直未曾获得我的承认。我有权不认可这个事实。2004年春，我曾在一篇短文中这样写道："我无意中花费了整个少年时代的尾巴部分，细细打量过普安镇。在其他地方，我从未滥用过这么多的时光和热情。普安镇的全部形象，它每一个可以想见的细节，都因此坐落在我心上。它给我留下的深刻遗产，就是让我无论走到什么地方，都要和这个地方构成本质上的矛盾。普安镇不允许我和别处友好相处。它愿意和所有别的地方争风吃醋。它残酷地爱着我，威严地注视着我。它始终试图从所有别的地方争夺对我的所有权和统治权。"我希望这首1998年秋天写于上海的渺小诗作，能表达我对剑阁县和普安镇的复杂感情。

2021年3月7日，北京魏公村

笔记本

1

翻开发黄的笔记本，能看到许多
残破的思想片段。我曾经以为：
偏见是我们进入生活的有效开始
现在我依然这么认为：造谣比制造真理
更加有趣。我给这世界造了很多谣。
我诽谤了它。而我恰恰是个
靠出售观点换取报酬的匠人：
它构成了我的记忆、毕业论文和吃饭的
餐具。它是一个工具箱或百衲衣。
是隐形的波浪。
我记下了许多大写的字：
树雄心、立大志……
这是方向和遥远的道路。
三个单音节的字，仅仅是三个，在我心中
合拢，却又在我的笔下无数次
有意分开。普遍的梦见，广泛的悔恨，
耗费了若干日月；
放浪的夜晚，口若悬河的白昼，
仅仅换来了沉默的今天。
今天奉献了你。

>>>

迟到的奉献，深不可测的口音，
让我借助酒力说出了积攒多年的疯话。

2

我仅仅是一个草稿，从未真正完成。
我向黑夜求饶：我被幻想中的幸福
无数次压垮。它们都曾被我设计。也被我
毫不犹豫地否定。恍惚间，
多少用罗盘丈量过的道路
横亘在眼前。我见到过的街道，
我听见过的名言，我闻到过的未来的
腥味，像有局限的心脏、皱巴巴的生活，
却说出了有翅膀的话、带惊叹号的表情。
像二锅头的浓度。
我爱上了它：穷人的激情，虚拟的消魂
能做出指南针的各种动作。
谎话无须脸红，真话却要借助酒勇
人到中年，即兴撒谎的技艺
已无须再次锤炼：
这是我要写到笔记本中的又一条格言。

1999年4月

岳麓山

作为一个有讽刺前科的人，
我并不缺乏赞美的能力：
为凡庸的场景流下过许多
错误的泪水，却不是为了故乡
和家园。我到过许多地方
它们基本上都让我失望：
二手的风景，仅仅是出于对风景的
模仿，值得给它们超过两次的
嘲笑。直到我见到岳麓山：
冬天的、雨中荒凉的岳麓山……
掩盖了古旧时代的英雄。但他们
让我恐怖。我是说，所有的英雄
都让我害怕。
那一日，我正和妻子斗嘴，
我们行走在无人的山上
感谢英雄，恐怖让我们
靠得更近。我们看见
一个梦游般的猎人，正在瞄准
一只虚构的野兔。

多么黑暗的声音！多么嘹亮的子弹呼啸！
射杀了围绕着我们的恐惧
使我们敢向山下的灯火走去
我又重新看到了餐桌、酒和赞美
以及映在酒中的风景的倒影。
……恐惧的尸首正在渐渐发白。

1999年4月

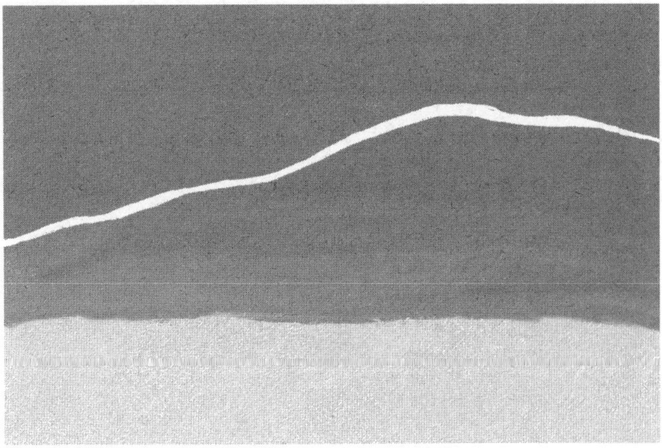

可怕的对称

无论这个世界多么地令人不齿，
它仍然是我们话题的中心。

——米兰·昆德拉

我破译了罪恶的许多配方，却只认清了
三五个有关良善的细节。孤零零的细节
和生活几乎没有上下文关系，
却和众多的配方构成了
不平衡的对称，与不稳定的今天
刚好吻合。啊，在火车站，
提包的火车站，我仇恨故乡；
而在朝西的房间里，我仇恨
冒名顶替的、偷渡而来的朋友。
带引号的朋友，捎来了
不属于我的黑暗
让我又一次看到了罪恶的新配方
仅有的一次，就充当了大限：
它扭断了不平衡的关系中
最有平衡能力的那一条腿。

1999 年 5 月

诽谤：宾格 Me

“我给这世界造了很多谣
我诽谤了它。”
但我也遭到了诽谤：
来自深夜的、向下沉的谣言，
昨夜突然到来的诽谤，像深不可测的
阿基米德点，引起了剧烈的腹痛、
破坏的欲念和狂吼的冲动
最后仅仅是重新回到睡眠。
对于现实，睡眠只是一个宾格
对于世界，诽谤也是。
而我曾称它为“小米”：
这是我玩弄的文字游戏，借助于英文 Me
但小米不可食用，它是有毒素的河豚、
一道阴影和粮食中的牙痛。
……早上我起来，穿衣，吃饭，
顺便对立在床头的小米说：
“作为这个世界的广告
你宣传了另一类生活。”

1999 年 5 月

多次看见*

（献给我的兄弟）

你用尽了岁月岁月也用尽了你
而你仍旧没有写下这首诗

——博尔赫斯《马太福音》

1. 履历一种……

从师范学校的语文教案，走向
县机关的报表、年度计划
和一个四十余岁的老小秘书，
老大吃力地完成了这一切，犹如一次

值得夸耀的长征。……这中间充满了
众多难以理解的阿基米德点。
太庞大、太深奥了。
不是教授、白痴和真理

能弄明白的。……拼搏后的见到、
潦草的眼神、看见后的消失，
并不触及幽默的语言背后
偷偷的荒凉。在官话和行话的交叠中

它们都隐藏得太深了……
我多次看见他在围棋中
和每一个棋子交谈；从鞠躬、套话
和小秘书的身份溜出来，

回到狭窄的围棋转播，
暗自算计。这都发生在局长的
眼皮底下。“啊，我的心脏起搏器……”
他也模仿起医学的语言，

像囊括一切的二十六个字母。
老大偶尔也趁端茶送水“贪污”一盒
云烟。局长的眼中是上级、数字、
大会发言和彩虹，

一盒烟的去向，语文教案的消失，
为《大堰河，我的保姆》留下的哽咽
“一次咳嗽，顶多是一次咳嗽。”
局长和整个眼神都挥动了向上的胳膊。

2. 履历又一种……

在川北，从偷树的知青到
偷烟的秘书，老大否定了
许多岁月，枪毙了若干情感
包括河滩上的初恋，乡供销社

一间破房子里的初次相拥，附带
两分钟不到的倒下和冷汗。
现在过渡到办公室中百分之五十
的可能恋情：要么发生，要么不。

就这样希望着，一边走进舞厅里
异性的腰肢，某个暗中的眼神
和夜总会的啤酒……
老大没有忘记为女儿的成绩不佳

流泪。谈话。断绝父女关系的通牒。
却引来了妻子女儿的普遍抱怨。
老大用一声大吼止住了她们
也附带止住了生活的某些恶意——

这是老大的幽默，起源于少年时代
某个挨打的黄昏。母亲的竹竿响在
头上，就像多年后无望的爱情
和局长的不满。那么多的惊恐

造成了他安之若素的幽默
“啊，幽默，天神之光。”这是谁在
高叫？而老大只信奉早已漂远的
爱神。随着需要染洗才能变黑的

头发的来临，爱神退回到原先的位置。
老大每天无一例外地起床、吃饭
穿过从前的道路却拐进秘书的身份。
也无意中穿过了越来

越小、越变越老的爱神
……自己却从未发觉。

3. 住宅……

从剑阁的公用住房，到绵阳私人住宅
的修建，老大贡献更多的是

>>>

争吵、斗殴、车票和迟到早退。
这需要更多的算计和胆量。

喜欢吃猪肚的人，却拥有一副干瘦的
身胚：这证明并不是吃啥就能
补啥。出于同样的道理，
更多的算计和胆量，并没有帮助老大

获得更多。他的公用住房不足五十
平米，和他的年岁相比
约等于一比一。年岁在增加
房子却顽固地保持原状。阳台上的

花盆，已无心再次开放。
后半生虚拟的幸福，全要靠绵阳的
房子来达成：到目前还只能说是
写在账簿上的希望。“欠账的希望，

就要醉倒在渴望丛中。
倒不如趁夜半下局残棋。”

4. 语言中的老大……

面对所有事情，他都会说："话是
现成的。"这让我想起了爱默生的
名言："语言就是骰子，就看你
怎么扔了……"老大的语速很快

音响洪亮，每一个字都能击破一块
薄膜，只是缺少这样的机会。
啊，语言中的生活，超过了老大的
真实生活。在裸体的事实面前，

连局长都是无能为力的；面对父亲的
切肠手术，老大的音量陡然低了下来。
"现在我向局长汇报，我刚吃了
一碗面条……"语言中的老大让人捧腹

但不能让人捧碗。"我父亲是个
连醉酒都不敢的人……"又引起了
妻女的笑声。它传达了某种被称作
天伦的东西。也不是真理、教授

和白痴能弄懂的。“曾经我也
……哭过。在河滩上，
在偷树时的黑山林里……”
这话我信，我也曾多次看见……

5. 傍晚时分……

除夕的傍晚，不信神的老大
提着一篼纸钱、两根火柴上了
塔子山的公墓。那里有他的亲人，
其中有许多未曾谋面。但寄宿在

他的血液和语言里边。老大点燃了纸钱
嘴里念念有词。这是只属于他的
隐语，估计墓中人也不能听懂。
但他们纷纷保证说：听懂了。

同样的动作也发生在别的坟前。
老大转过身，横卧在山洼中的小县城
出现在眼前。新的一年又到了
人间的炊烟和阴间的炊烟

一齐冒了出来。老大看见了自己的
第一次痛哭，第一次挨打和最后一餐
袖着手，耸着肩，他向迎面而来的人
点头，以便在鞭炮声响起之前赶回家中。

1999年11月

*

这首小长诗中的老大的原型，是我的忘年交，曾经是我最好的朋友。我基本上以写实的方式在处理这个人物。我想试一试，一个真实的人物该如何走进一首虚构的诗篇，才能使这首诗成立；或者，一首诗该如何捕捉一个真实的人物，把这个人物锁定在诗篇之中。我有意让真实性作为这首诗追求的最高目标，但我至今不知道这个目标是否达到了。人与人的交往全在缘分，但缘分并非前定或虚幻之物，它相关于光阴、世事以及随世事和光阴而来的个人修为。时光带来的或许是智慧，或许是愚蠢，这是我们每一个人都会遭遇到的情形。以平静的心智面对这样的缘分，也许才是唯一正确的选择，所谓物来则应，事去不留。

2021 年 3 月 7 日，北京魏公村

1992—2002

1. 外公

这是我远离家乡的十年，其间
走过了山东、上海、北京、湖南……
我把别人用于审美的休闲之路，当作了谋生
之路，还自以为是在追求理想

十年间，我丢失了两个朋友，从此
再无联系；外公死了，从此再没有见面之机
从某种意义上，我不喜欢他
但现在，他让我格外想念。我不仅

继承了他的血脉，也继承了他的
坏脾气。他的傲骨我只继承了
少数几根，就足以让我活得艰难
和痛快。十年间，我一共梦见过他三次：

一次是要我给他买一瓶香油
一次是要我随遇而安，凡事不能强求
一次是告诉我说："我已经死了
不要再来找我的麻烦。"我去过他的墓穴

在故乡的一个集体公墓
我烧了纸、焚了香、补磕了三个响头
小小的墓穴，怎么能安放他高大的身躯？
我在今年春节的雨水中，看见了他最终的

洞房，在那里，他彻底结婚了，把人间的妻子
孤零零丢在一旁，任她风烛残年
一步步老去。十年间，在所有令我
伤感的事情中，这是我最伤感的一件。

2. 慢慢学会的事情

十年来，我学会了打麻将、跳交谊舞、
撒谎。还巩固了一贯喜欢的文字游戏
却没有学会蹦迪、网上聊天和十六楼上的
密谋。我放弃了粗浅的押韵技巧

改为一些平庸的风景叫好。继续嘲讽
官样文章，不再为姑娘们的贞洁
担惊受怕，更不愿为历史打造贞节带或者牌坊
让堕落的堕落，我得遵从最基本的人道准则

>>>

我就这样边走边看，跑马观花地
掠过了许多的地方，却从未留下任何
痕迹，仿佛这个世界从来就没有过我
告诉你，这正是我慢慢学习着去接受的事情。

3. 自嘲及其他

我学会了自嘲，学会了从虚拟的、不牢靠的
“因为……所以”句式之中寻找借口。
学会了说“再见”“来玩”“扯淡”
和“对不起”。渺小的生存经验，

支撑着我的小小十年。我用了十年时间
学习什么叫作败下阵来，我写下的速朽的文章
记录了这一切。它们发表在一些杂志的
街角巷尾，被少数几个暗中的同好

偷偷鼓掌。我慢吞吞地学会了
远离这个时代的基本技巧，躲在
无用的岁月中，骑车匆匆穿过暮色中的
立交桥，回到书房嘲笑自己的无用和渺小。

4. 平庸的幸福

十年来，我认识了太多的人，结交了
两三个朋友，找了一个老婆。
她的爱我已当成家常便饭
她让我向东，我从来不敢向南

平庸的幸福，借贷而来的快乐
不足以构成我的人生。我设想过
更英俊的幸福、深入盲肠的快乐
我放飞了几个好梦，现在正躺在

路边的泥泞中。十年来，我屡次宣布
好运即将来临，坏脾气即将灭亡
但都未能兑现。我捏着这张出尔反尔的支票
暗自思谋着如何把余下的岁月花完。

5. 住房问题

我换了许多住处，每次都是怒火万丈
最后无一例外总是心存感激

>>>

我住过朝西的房子，夏天奇热
冬天奇冷；我住过朝南的房子

太阳一探头我心情就好，就觉得
生活又有了目标。如今，我住在二十五楼
站得高，看得远，曾经丢失的几根稻草
我看得更清楚。但我依然看不见

躲在暗中的神灵。为了这套房子不太寂寞
我居然养了一只狗，老婆给她取名“琳达”
——这是姑娘时期的妻子
臆想中的女儿的名字。

6. 告诉你

如今我以教书为生，以口舌之力
换取米面，让我惭愧不已。我夸夸其谈
仿佛掌握了真理。我真的掌握了
真理吗？因为找不到，

我一直在公开嘲笑真理。已经引起了
若干误解。仿佛我是一个真正的无赖。

从现在起，我要下决心相信真理的存在
只是它还在我目力所不能及的地方独自徘徊。

十年来，一切都变了：胆子
越来越小，路越走越窄。当年说过的许多
大话，让我心惊肉跳。告诉你：
如今我的工作只是清扫自己动作中的垃圾。

2002年9月

故乡小札
（1976—1985）

1976，妹妹

我记得你哭过的鼻子在冬天
发红；我记得你飞奔时蓝花小衬衫
没有遮住的一小截肚皮。
你是我妹妹，却屡次打我的
小报告，拆穿我无害的
鬼把戏。让我挨打、受骂
浑身长满来自教育的伤疤
我的报复也让你吃够了苦头：在土门
你的眼泪就是我的快乐
你的哭声就是我的歌声
但也有偶尔的例外：我潜进夏天的西河
随手就抓住了一条
因产卵而晕头转向的鲫鱼。
我们都笑了。接下来
为了骗到你的一毛钱
我拼命讨好你，内心却恨得
发痒。那一年你七岁，居然瞒过众人
存了两块钱。经过二十次讨好、做鬼脸
外加赌咒发愿，它们全部为我变作了

>>>

麻花、糖果、小人书和三角板。
哦，那一年你七岁，却居然被土门乡
修建沼气池的三块大石板压断了小腿。

1977，儿歌

我听见她们在唱：
“飞机飞到北京去
北京在开会
……”
实际上她们谁也没见过飞机，
她们只是在梦中拜见过那玩意。
我和她们一般大，却从未唱过
如此崇高的儿歌。我甚至怀疑自己是
猪八戒和包公转世的混合体：
我面色黝黑，我习惯的儿歌
都带点儿黄色。这让我自卑、惭愧
我也想跟随她们唱，但我吐不出一个字
就像我从小跟着爷爷，第一次见到母亲
却始终喊不出“妈”。直到现在
我也常为没有崇高儿歌的童年感到
自卑。我是玩尿泥长大的

我只习惯于挺枪上阵，只习惯于
高喊战斗口号。不像现在
仅仅满足于沉默和悲哀。

1979，王世芬

一毛钱不是小数目，在我们那个
共同的小镇上，至少可以买两把麻花。
而麻花是无上美味。
传说你在上学的路上捡到过
一毛钱，从此走路老是眼睛看地
直到有一天你撞在我身上。
那时我比你矮一头，面色黝黑
我看见你羞红的脸蛋灿若桃花。
我依稀明白：那可能
就是传说中的美。同学一年
我从未听你说过话
我甚至以为你就是哑巴。
十年前遇见你，你正挺着大肚子
五年前遇见你，你的儿子已经五岁
昨天遇见你，你正在街上买菜。
传说你已经下岗，十岁的儿子已经休学。

传说他小小年纪就爱上了赌博，从一毛钱
赌起，现在已经赌到了十元。

1979，刘永刚

玉兰山与西河两岸留下了我们的
影子，那是我们彼此充满竞争的
童年。我没有料到我们会成为终生的朋友
更没有料到我在某个时刻会为你
暗自哭泣。真奇怪
那一年我打了无数次架，却没有
和你动过手。你也是好样的
因为裤腿被新年的鞭炮烧坏
你将肇事者撵过了五座山。歇下来的日子
我们联合起来一致痛恨另外几个人
那是我们小小的革命、小小的组织。
我们和敌对的几个人结成了国际关系：
下战书、互访，当然还有臆想中的“军乐”
和似是而非的敬礼，少数时刻也签订
友好协议。功课之余
我们和女同学骂架，却被人家
骂进了厕所。那年头

女同学个个都是此中高手
这就是我们的小学五年级，童年的收官战：
无法无天却又胆小如鼠
鸡鸣狗盗却仍然是祖国的小花朵。

1981，严体勇

在数学课上，我把年轻漂亮的范老师
撇在一边，冲上前就去镇压你
因为你胆敢讽刺我长得黑。你确实
刺到了我的痛处。我为我的黑
受够了气。我边打边哭，
两个十三岁的男子汉
边打边哭。结果我们被赶出了教室
那一天正在下雨。泥泞中，我们
继续战斗。秋雨降落，正好给我们伴奏：
你骂我妈（西皮二黄）
我弄你姐（锣鼓铁板）
但都带着哭腔。那一年我们彼此
沉默。再相互说话要等到二十年后
话没说够你就死了。但你的死和健康没有
关系，仅仅是一次偶然事故。

>>>

所以我祝愿你在泉下依然
健康。如果偶然想到人世间的朋友
也多少要带一点同情的哭腔。
噢，我还要告诉你
当年我们都爱的范老师已经得了
胃下垂，再也没有力气把我们赶出教室。

1983，大雪封山

那是我在老家见到的最后一场
大雪。从此地球变暖，冬眠的动物
倒错了生物钟，加速了通往人类肠胃的步伐。
1983 年，我独自一人绕过西河
攀上玉兰山模仿孤独
觉得自己特深沉。
我一贯相信悲剧，大雪也给了我
悲剧所需要的氛围。我无师自通地
触景生情，拼命想象父母对我的
厌恶，想象妹妹的小报告给我带来的痛苦。
四周无人，雪还在飘落。
很快我就觉得自己被遗弃了。
全世界的人都是陈世美和王魁。

我终于痛哭失声。
当我想起这是除夕，才埋头往回赶。
闻到满屋子飘满肉香
我不禁笑出声来，觉得世界
又充满了希望。
父亲惊喜地告诉我，这是好兆头：
在除夕，刚回到家的人什么也不说却大笑
就是好兆头，和瑞雪一样兆丰年。

1985，阿毛

我亲眼看见你骂遍了全班所有的女同学
你还扬言：即使她们的爹都赶来
你也可以用拳头对他们“发言”。
我佩服你有这样的好本事，佩服你
惊叹号一样粗短的身材。你几乎
就是我少年时代的偶像。
而转过一道小山岗，你又惹恼了
肉联厂看大门的老师傅。你说人家的电视机
是偷来的；顺便还偷来了电视机上的
漂亮娘们。走进东边那扇大门
你把偶然染上的疥疮当作

>>>

粉刺，准备献给和你一样
正在发育的高中室友。你就这样度过了
一生中短暂的“帝王”生涯：
他们拼命巴结你，帮你买饭、打水，偶尔
还得叫你几声“毛爷”。
再转过一条小巷子，你摇摇摆摆
拐进了录像厅。那里有来自屏幕的
半裸女郎，尽可以给你的晚上
带去联想。十八岁了，不多不少
正需要半裸，以便让你的意志硬如
标枪。据我所知，你最终还是软了：
1985年，你参加高考，败下阵来。
我看见你转过街角，回到了你的土墙小屋。
人家的爹都没来，你还不是在
独自一人地大放悲声。

2003年12月13—14日

火星人的秋日小札

如果你愿意，我们不妨一同
回忆：那年秋天，为了你
我从火星来到这座小城。
那年秋天，我写了一首诗
第一次说到寒鸦、宝剑、侠客、
血花，甚至臆想中的老年。
有点做作，有点矫情。对，它们属于
未来或者过去。它们不是
眼前的事物。它们属于
火星。偷过农民的大白菜后
我确实需要来自自己的鼓励
附带向你表达一点
衷心。不，我没有胆量说我爱你
我只是说在这里我很脆弱，需要
一边干坏事，一边向你表明
残存的纯洁。我是说纯洁需要
提醒，正如罪犯需要法律。

如果你愿意，我们不妨一同
回忆：站在夜色渐深的河沿上
我想起了白天对我媚笑的
女孩。大前天我还看过她的舞蹈

>>>

我甚至认为她就是那个晚会的
王后。是的，她不丑。她只不过
长有五十九颗半雀斑；她只不过
稍微有些愚蠢。小小年纪，竟然不理解
我反复说到的远方。我是说
不理解远方的人不配做王后。雀斑再多
也不配。不，我没有和她调情。我始终
距离她有五公尺之遥。虽然她说
她真的愿意嫁给我。我是说
我马上就告诉了她，我来自火星
不理解地球上的爱情。

对面就是你反复问到的海螺包。
那年秋天，它依然无恙。但要走过去
需要挽起裤腿。因为河水
上涨了，因为现在是我们的
雨季；还需要打狗棒
因为海螺包的农民都养了狗。
那年秋天他们都养了狗。
因为他们害怕我这样的人：年轻、热情
胆大包天又满怀羞涩。这都是那年秋天
我出奇制胜的法宝。我是说，我来自火星
偷过他们的鸡，但给他们留下了
凭证；偷过他们树下多余的阴凉
但他们从不记恨。拐走过

他们吐出的烟圈，但无法
让我成功上吊。我是说
我必须要把过多的热情
在那个秋天一夜千金散尽。

现在，我要向你说起
我扎根至今的小城。那年秋天
它在雨水中度过。雨水耽误了爱情
热爱别人丈夫的女人，内心充满了
怨恨。那年秋天我打开房门，没有看到你
却看到她们印堂发黑，头发
乱如鸡窝。整座小城只有长雀斑的假王后
冒雨挽着一个男人的胳膊。
我是说我替她们着急。我是说破败的钟鼓楼上
还珍藏着我历年的影子。
我曾在楼上喝茶、聊天
不经意地就想起了你。

让我接着向你说起
这座小城。这么多年，为了等你见面
我天天都要走过它肮脏的街道，顺便
听泼妇骂街；听小商小贩
口舌如簧，热情地把买主欺骗。
对，桥下的流水早已污浊不堪
与世道人心刚好对应。我是说

>>>

这不是流水的错。我的小屋
早已长满了蛀虫；海螺包的农民
已经变作了市民。
明天我准备回到火星。我已
办妥了签证。孤身一人这么多年
确实应该知趣地离开。

如果你愿意，我们不妨一同
回忆。当年我站立的河沿已成为
滨江大道，我没有兴趣再去站立。
只不过秋天依旧，雨季依旧
夜色依旧。我是说我现在
仍然走在这座肮脏的小城。当年
为了你我才从火星赶来，但你一直避而不见。
现在我最后一次走在小城，有点心酸地
再一次想起了你。不，我不觉得纯洁。
实际上，它是荒芜，是腐朽，是悲伤。
实际上，它不是寒鸦，不是宝剑，不是侠客
它只不过是我脑海和记忆深处的溃疡。

2003 年 12 月 18 日

新乐府

云在青天水在瓶。

——李翱

小速写

我一贯相信那些
从不存在的东西，比如开头、结尾……
它拐走了我仅存的热情、想象和
天真。表面看起来我凶神恶煞
其实一瞥青草就能将我
击溃。我是个不合格的
酒鬼，半吊子的学者，外加没有执照和称号的
诗人。天天梦想着不曾撕毁的风景。
对此我已努力多年。现在
我正走在冬天的街上，意外地
获得了一个虚胖的中年。
我正在设法穿过干燥的街道回家。
我失去了年华
却赚得了睡眠。

小杂感

我反对将任何一厢情愿的观念
强加给无辜的事物；我反对
任何形式的象征主义。
正如死就是死，正如月亮不是泡沫。
我渴望简单的生活。
而没有割双眼皮的女郎本身就是乌托邦。
我看到沿街的宾馆、沿街的广告牌。
夸夸其谈又充满压力。
但它们都显得多余。
这么多年，我走过了无数家
臃肿的超市。那里有各种牌子的
卫生纸和方便面。
都在我们的心灵深处
迎风怒号。
人的嘴唇无比狂妄
除了喷人
还要喷神。

山间

我早已厌倦了浮夸、纵欲和
形容术。我见山是山，见水是水。
见你当然是你。
我快乐：因为我窥见了
事物的真面目。我终于能够承认：
在每一个事物的最深处
确实有一株小小的
蜡烛。那是事物故意扣留下来的
精华。没有谁能够盗走。
我行走在半夜的山间，仍然
能看清道路：左边是陷阱
右边是悬崖，只有中间可以安全通过。
我快乐：因为没有火把我也能在
漆黑的山间安全行走。

学习

我开始得晚，也必将
结束得晚。我一贯擅长
道听途说，但我不来自

道听途说。我有一个
正在逐渐黯淡下去的家园。
（但愿你能在天国的地图上
查到它土气的名字。）
我越来越接近于善良。
我正在一点点积攒
卑微的爱，努力培养
感动的能力。但我不准备当众
热泪盈眶。我正学习着
向劳动投降。我正在一点点搜集
对他人的信任，把上当受骗的不快
埋在心间。我正在学会
悲悯。我已经学会了
悲悯。今天我捐了
五元钱，准备下一回
捐出十元。

自撰的墓志铭

我活了 100 岁
——这归功于上天的厚意。
我写过几本速朽的书

>>>

——仅仅为了把空白的日子填满。
我笑过，哭过，愤怒过，咒骂过
——对此我很满足。
我急躁、易怒、好斗、偏执
——现在我能平静地看待生死。
我遇到过一些挫折、近乎垂直的陡坡
——这实在算不了什么。
我去过许多有名无姓的地方
——但还有更多的要留到来世。
我帮助过少数几个人
——他们都报答了我。
我犯过太多的错误
——好在没有伤天害理。
我仇恨过世界、群众和弱智者
——我要说，这确实不是我的本意。
我赢得了少数几个人的爱
——来生一定要加倍偿还。

2003年12月—2004年3月

臆想的爱情

1

我们的爱情，不会长于
一只昆虫的寿命。求佛祖原谅
就在刚才，我亲手掐灭了它：
一只叫不出名字的昆虫，仅仅因为

爬上了我洁净的书桌。
那么多的半夜、雨伞、出租车
还有醉话，都不会长于一只昆虫的寿命。
就在此刻，在油灯前，我挥手拍死了

那么多追求前途和光明的昆虫。
它们都有自己的来历；那些幽暗的命运
或许都不曾预示今夜轻而易举的死。

无论你在哪里，无论鲜花临盆
那些表面上的疯狂，那些喘息，那些光
求佛祖原谅：都不会长于一只昆虫的寿命。

2

我无数次梦见你迅速苍老的面庞：
那些皱纹，那些鬼鬼祟祟破土而出的
赘肉，都出乎我的意料；那些
发自你胸膛和子宫的声响，却击倒了

正在梦中朝拜女神的我：一个在现实中
身披袈裟的青年，在梦中
却身着便服，向你倾倒。

在迷幻境地，我不是佛，只是一个
举棋不定的男人，对经书只有
表面上的虔诚，真心喜爱的
是女人、飞雉以及你偷偷摸摸的爱

神的心思真是无从窥探，但我知道
它一定是位女性。否则不会找上我
这个在漫游中居然开始发福的男人。

3

我曾走遍大江、雪山和沼泽地
面对你，只有臭气熏天的双脚。
你端来煮沸的雪水，要为我沐浴；

你准备的木床，性感而温柔
借着酒劲，我忘记了经卷、天空
向你唠叨起旅途的见闻：

我接见过两三个好人，见到过
越来越多的小资产阶级；而在喜马拉雅南麓
我看到了自己的前世、今生和来生

还有你穿梭其间，做出等我的样子。
只有你知道：任何时候我都是凡人。
佛不过是人们为自己挑选的安慰品。

我一觉醒来，看到你还在洗
却不知道你究竟在洗什么

4

在旅途上我曾偶尔见过你
并为我送来了美酒
（没有一个修行者知道我是酒鬼）
像见到亲娘一样，我抱着酒跑掉了

忘记了你的目光
在我身后敲响。翻过两三座雪山
迷醉中我才听见背上的律动。
从未听过的音律，又伴随我

翻过了六座雪山。这是我的宿命。
只有你知道，我是一个懦弱的人
渴望逃跑，深陷于出尔反尔

当我回头，只看到
因见我而早起的你
感冒后的咳嗽，像经书上一个小小的字母。

5

长眠不长于昆虫的寿命，相见
也是。痛哭倒是漫长
只是未曾见过。

我坐过龙床，见过膜拜
我还看见膜拜中有一个人像你
我飞身前去，那个像你的人
却满脸诧异。这也不长于

一只昆虫的寿命。求佛祖原谅：
此刻，我又扫灭了几只昆虫。
你迅速衰老的面庞，辛苦而无用的奔忙
让我现在就想毁去佛的尊号

再次成为一个贫民。抚摸
你的皱纹，你那无用的、迷人的、
必然要长出来的赘肉。

2004年7月18日

偶然作

我不只大你一个青春；我大你
三千里江山，一万个陌生人，一百个
阴沉的念头。我还大你
微不足道的几本书，三四个观点
以及正在建造中的荒唐体系
它们都配不上你。我小于你的东西
也很多，绝不只是上述一切的反面。
我小于你的纯洁、健康和一万个未来：
那都是我现在只配仰望的东西。
它们让我否定了来世和天堂、开头和结尾
仅仅羡慕你，这个野生的孩子。

2005年11月15日

创世纪：给典儿 *

我把今天看作创世纪。
典儿，那是因为你，你明天到来的小学：
那么多的算术、语文和哭泣。
当年也曾让我痛哭。

那时，我跟你现在一样小：
我们五官相似，只是你和妈妈一样白。
那时，我在西河摸鱼，让你年幼的大姑兴高采烈
你是否在“梅所屯”村扯过苦菜？

我只想你在我身边撒娇，
不要长大，不要接触你的人生；
只想你说：爸爸笨蛋。
但我说的，你知道，全不作数。

我又在喝酒，你想罚款吗？
你睡着了，不知道我在干什么吧？
你梦见明天早上八点半的小学吗？

典儿，明天送你去农科院附小，
我步行！
你妈妈骑车送你！

2010 年 8 月 29 日晚 23 点 55 分

*

2010 年 8 月 30 日，是我女儿上小学的第一天，我知道，从这一天开始，她即将展开仅仅属于她自己的人生，此前的幼儿园生涯不过是她的人生预演。为此，我感慨万千，就在 8 月 29 日深夜，即兴写下了这首小诗。孩子的成长往往让父母回望自己的经历，比如，写这首诗时我自忖：我 6 岁时身处何方？又在做什么呢？从表面上看，两代人的差异真可谓天壤之别，但生命的本质应该是一致的；我们理应对生命、生活与光阴，有大致相同的理解才对。现在，女儿正读高二，此刻正在客厅里上网课。联想到她上小学时的那个样子，再看到她现在的这个样子，一时间真有不知今夕何夕之感，满心的欣喜不足为外人道。

2021 年 3 月 7 日，北京魏公村

土门村，汉语

这是我曾经见过的落日中
最像落日的落日：从容、慈祥，温润如玉
正走向每一个生命日的终点，顺应于更高的意志
赋予它的命运。我看见土门村的落日

正在翻向山脊的另一面。众鸟起舞，给太阳的陨落
以庆典；也给它遵从汉语的教诲自动臣服于命运
以褒扬。当然，此刻的落日与其他落日一样，迥异于
旭日。初升的太阳倔强、执拗，像不服输的

孩子，视抗命为乐事；更为自己正在抗命兴奋得
面红耳赤。落日被汉语喂养，被汉语
润滑、舔舐；旭日跃马仗剑，更像雅典的勇士
远走天涯，个个都是逆命而上的普罗米修斯

在北京的街头看到落日的此刻，我五十岁；
和我在土门村
看到的那轮落日相隔四十年。土门村的落日没能
让我联想到汉语、希腊、罗马和普罗米修斯
现在，我念及它们，仅仅是因为神情恍惚？

2019 年 10 月 12 日

拯救者

我曾把最好的年华，委身和委弃于
愤世嫉俗。在阴暗的日子里，让我免于
崩溃的鸡汤是：人生无意义，但某些事情
对没有意义的人生有意义。比如：

读书、写诗、酗酒，没有妇人。
但最终拯救我的是汉语，是汉语的
仁慈、宽厚和悠久，但更是汉语宠幸的诚
王船山说，诚即实有。多亏了实有。

我正在去往超市的路上
心里头满是氤氲之气
看，沿途的店面多么健康
活泼、率性和乐观；梦境环绕在

它们的头上，对称于我日渐苍老的
心室和心房。我是说，我要去超市
购买这个季节刚下山的瓜果和蔬菜。

2019 年 10 月 17 日

凋　零

君子居易以俟命。

——《礼记·中庸》

这是深秋的上午，阳光明澈，
照进了我幽闭多时的书房。

在所有形式的心境中，我选择
宁静。我有沧桑的口吻。
它不悲伤，只浸润
飘忽的心事——

比如：我正在默念的亲人；
比如：我琢磨很久，却未得其门而入的
山楂；
比如：一件隔夜的往事，拒绝向我
敞开小小的入口，让我无法
和曾经的场景再度聚首。
这都出自它微不足道的
善意。

现在，我干脆
站起身来。深秋的光线多么
清澈。它有醇厚的回甘
它从来不是二手的。它让
万物和我获得了一年中
最好的姿势和心态：
不急，不躁，安于凋零
安于被遗忘。

2019 年 10 月 24 日

必然性*

重读舍斯托夫，我再一次惊讶于
他对必然性和雅典的仇恨。没错，

雅典和必然性是一伙的。它们坚信
二加二等于四，从不额外要求“别的东西”[①]。

这不免让我联想到
中国的道理：

理乃必然，道却多变。
道存乎于我们的践行之中。

当凯风自南，当日上三竿
我在书房静坐、喝茶，无所用心地

瞭望窗外。我看见零零散散的同类
在忙于干禄，或者为止住鼻血
驻足路旁，仰面望天。

---

① 陀思妥耶夫斯基的《地下室手记》的主人公对着“二加二等于四”大声喊“不！”并要求“别的东西”。这一人物的这一行为受到了舍斯托夫的激赏（参阅米沃什：《站在人这边：米沃什五十年文选》，黄灿然译，桂林：广西师范大学出版社，2019 年，第 286 页）。

舍斯托夫笃信的上帝解释不了
这些琐碎的行为；它们为汉语所造就
唯汉语的教诲是从
不知上帝为何物。

我端茶，我依窗而立，
我看见一个沿街奔跑的
小姑娘，刘海在摇晃。我暗自
为她点头、喝彩，多么希望她
不要摔跤，但也不要停顿。

面对那片老人般慢悠悠落下的树叶
我吐出了一口长气，活像树叶
飘落时画出的弧线
暗合于朴素的道理，为汉语（而非雅典）
所宠幸。

2019 年 11 月 5 日

*

汉语是一种味觉化的语言，逻各斯则是视觉性的。当希腊的理性精神认为三角形的三个内角之和必然为一百八十度，并且与上帝毫无关系时，相信启示真理的人——比如舍斯托夫——坐不住了，他愿意以他的耶路撒冷之头直撞厚实的雅典之墙，哪怕头破血流。《必然性》想在两种不同性质的语言之间做出区分。这几年我一直关心语言问题，尤其是语言在如何塑造我们这个根本问题。我们每一个人都是语言的产物，我们最大的无意识是语言的无意识。但很遗憾，我觉得《必然性》在处理这个问题时，没有达到我预期的目的。

2021 年 3 月 7 日，北京魏公村

歌

我把三十多年前听过的歌
一听再听。我再次听见：
潮湿的心头发出了滋滋复滋滋的声音，沉重又轻微
像金黄色的银杏叶，带着仅属于自己的弧线
轻轻飘零，配得上被我暗自赋予的称号——
叹息的形象代言人。

此刻，我很欣慰地看见三十多年前
那个忧郁的少年。他趔趄复趔趄，
搀扶着失败、激情和一小滴使性子的露珠
他忍住了眼泪、委屈以及
体型狭长的理想主义，径直来到
被雾霾锁住眉头的今天。

今天，那些苍老的歌
在肱二头肌里响起
在股骨里响起
在腓骨、结缔组织和汗腺里响起
但它们更倾向于盘旋在我的头顶。

我举起双手做投降状——
亮出的腋窝是两个天然的喇叭
它们一唱一和
正在反复播送我三十多年前
反复听过的那些歌。

2019 年 12 月 2 日

咸

懂得无须挂怀名利
已垂三十年；学会看轻生死
仅在区区数年之前。我经历过生，
未曾经历死，却长期

深陷于对死的惊惧。
我曾写下过卡夫卡式的格言：
“有人因为过于害怕死亡服毒长眠。”
现在好了：衰老一步步侵来

却内心澄明。我认定：每一天都是
好的；每一片落叶都暗藏
喜讯；每一朵光阴，那时间的阴面，都有
欢颜。我很快就闻到了

民大西路两旁的餐厅里（尤其是傣家饭店），
飘出的奇香：那就是我喜爱的咸鲜。
咸啊咸，生活的盐
咸啊咸，男女交欢

>>>

一想起咸，我便自以为获得了
克服疼痛的风帆。
在名利和生死之后，唯有疼与痛
才是最后的难关。

2019 年 12 月 24 日

一年将尽 *

洗去砧板上最后一点污渍，又是
一年将尽之时。那污渍
是给上学晚归的女儿做菜时
留下的瑕疵。

它不是污点，它不过是
生活的叹息，倾向于转瞬即逝
我在心中暗自唱了个肥喏，郑重地
为它送行。

它刚走，女儿的短信即来：
“我已到紫竹桥，你可以开始炒菜。”
无用的书生旋即分蘖为有用的厨师，
油盐酱醋、姜蒜葱花

爆炒、生煎和提色。
盛盘完毕，钥匙入孔的声音
响起，女儿像一阵轻风
吹散了她脸上冻僵的红晕。

>>>

一年将尽之时，餐桌上
有热气腾腾的回锅肉，还有
西红柿鸡蛋汤，像是唱给新年的
肥喏。

2019 年 12 月 31 日

*

在完成《创世纪：给典儿》后，我有接近十年时间一行诗也未曾写过。大约是 2019 年秋天，有了再次写诗的欲望和念想。这一年的最后一天，和此前很多个一年中的最后一天一样，让人顿生一年将尽的感觉。日暮黄昏和一年将尽十分相似。中国人对黄昏日暮向来有无尽的感叹，这和汉语的感叹本质紧紧联系在一起。我这一代人的基本情感，应该是农耕时代的产物，和都市格格不入；在心理上，更愿意认同古汉语抒情性的感叹本质，而非现代汉语冷静的分析性能。《一年将尽》是奉献给感叹的一个礼物，唯愿这个真诚的礼物能被愉快地接受。

2021 年 3 月 7 日，北京魏公村

在六祖寺

明镜非台千秋可鉴
菩提无树万世宜栽

——六祖寺大门外对联之一

我鞠躬，对大雄宝殿中身材高大的佛祖说：
请减轻我父母病体的疼痛
请保佑我女儿学业优秀
请赐太太和我身体健康

大雄宝殿的背后，是简朴的六祖寺
（这符合六祖与佛祖之间构成的修正比）
我鞠躬，在心中默念：
六祖安好。六祖安好。

我慧根不足，不配修习禅宗
我能理解何为“菩提无树，明境非台”
却理解不了绝对的空与无
——六祖安好。六祖安好。

2020年1月14日

偶然想起

百骸通透啊，浑身轻松
这是中年时难得的少年身
身轻如燕啊，空气清澈
这是抑郁中少见的晴朗心

初夏的午后，那个八岁就懂得
把“高尔基的爸爸”倒过来读的顽童
何曾知晓四十多年后的
少年身和晴朗心

军军，我幼时的玩伴，语音微转，
便成鸡鸡，音同高尔基的“基”
此时想起你，便没来由地想起
那个初夏的午后

我和你，蹑足潜踪
偷窥邻家姑娘的睡梦
你说：她正梦见你张灯结彩
把她娶走

鸡鸡啊，前年在广州
面对那个请我们吃蛇的老板
你没来由地说起幼时的婚礼
突然间就哽咽了起来

2020年5月2日

草，燕子

即使是最卑微的草，也在试图挣脱
地心引力，向虚无主义的夜空生长。
它确实有值得赞扬的
意志。何况它从不嫉妒展翅就能飞翔的
燕子；何况它甘于从命运中
汲取糖分、多巴胺和蛋白质。

即使是最卑微的草，也暗自羡慕
燕子将飞而未翔的
那一瞬。那是多么优雅的一瞬！
那是连叹息都配不上的一瞬！
那是一瞬后再也没有的一瞬！

即使是最卑微的草，也能率先觉察到
风的秘密、风的运势和风的善恶。
即使是最卑微的草
也有资格祈祷：

惟愿燕子滑翔时得到风的赞助
惟愿燕子将节余的力气，
用于倾听万物在夜间
发出的拔节声。

2020年10月18日

poems are made by fools like me,

but only god can make a tree.

诗是我辈愚人所吟，

树只有上帝才能赋。

（菊叶斯·基尔默：《树》）

银杏之诗

秋已深，天渐凉
每年如此，今年不得不如此。
银杏叶如期变黄。叶们脱离枝丫
在空中画着弧线，像叹息。

轻轻飘落地面时
银杏叶有难以被察觉的颤抖和
细微的痉挛，那当然是叹息的
尾音，倔强、不舍，却又甘于放弃。

从远处看，银杏的枝头
挂满了叹息；
细查五千年华夏史，银杏叶
乐天知命，倾向于消逝。

当你突然看到一棵秋天的
银杏树，你一定要说服自己
你是个有福之人。

2020 年 10 月 21 日

最小的事情

我一直做着人世间最小的事情，无须
背叛任何人以取悦于我之所做；我也未曾
被任何人出卖，因为我一直做着
人世间最小的事情。如今

我已到了极目之处尽皆回忆的
年纪，即使借我豪情和悲怆
也无法让我拒绝微风、落叶和
飘零。我少不更事时礼赞过的

山楂，和我一直做着的事情一样
渺小。但它毕竟有过红彤彤的
时刻，不似我数十年如一日地脸蛋黝黑
活像我做出来的那些最小的事情。

我来了，我看见，我不说出。

2020年10月21日

十三不靠

是不是只有实现了的，才更现实？
而凡是消逝了的，肯定永远消失了。
那些纸做的花，是否有资格嘲笑
没有资格做成花的纸？
把你不开心的事说出来让大家伙开心一下
真的能升华为一件舍身饲虎的事吗？
老人和小吃之间构成的修正比
确实很迷人；婚礼主持人用葬礼口吻
主持的婚礼，则极富预见性。
蒲公英射向紫云英的那束目光折射为
三束反光；白中的黑和黑中的白
喝了鸡血酒后，就结为了兄弟。
秃驴和黔之驴在相互作揖；
彼此和彼岸终得以彼此为岸。
强健和强碱不期而遇，顿时
变作了枪剑；一个无聊的人
仅仅是因为内心无料罢了。
而魏公村的阵阵秋风，不过相当于
四川土门村的某个人患上了
急惊风，却没有命中注定地
撞上他的慢郎中。

2020 年 10 月 22 日

洛克在墓中如是说

——改写自洛克自撰的墓志铭

过路的人，请您停一下。
这里躺着的是我，约翰·洛克。
您如问他是怎样的人，答案是：
他视中道为唯一的至道。
您如问他有何德性，答案是：
那实在不值一提；您如问他有何
罪过，罪过就直接埋葬了吧，他说。
如果您想问德性的榜样
在哪里，他会这样回答：
您得从“福音书”里去寻找。
他还会主动告诉您：
罪过的榜样千万不要有；
必朽的榜样随处皆是
但首要的那个榜样，就在您眼前。
有甚于此的是：
这碑铭不仅必朽，还会速朽。
过路的人，您请慢走。

2020年10月22日

| 贰 |

2015 年

广元

邹立志摄

感叹是汉语诗歌的宿命

——答公众号“杜若之歌”问

杜若之歌（以下简称杜）： 从您的作品《流氓世界的诞生》《艺术与垃圾》的出版到近年来您策划和创作的《小说与神秘性》《感叹诗学》，在写作上您感觉自己有了什么变化？

敬文东（以下简称敬）： 在读书上，我从很早起就是个杂食动物，对不同学科的许多著作都很热衷，也就是说，好奇心挺强的。自博士毕业后，我补课长达十五年，囫囵吞枣般，读了许多领域的不少典籍。补课过程中，也写了不少书，算补课时写下的作业吧。我比较看重的作业，大概是“动作/行为三部曲”：《随“贝格尔号”出游》《事情总会起变化》《牲人盈天下》。体量超过了一百万字。第一本是纯粹的理论书，后两本是对那本理论书的运用或检验，既有微观的运用（《事情总会起变化》），也有宏观的检验（《牲人盈天下》）。从2015年起，我决定回归老本行，做文学研究——当初补课的目的就是在这里。目前我写了两本书：《感叹诗学》

（2015年）、《小说与神秘性》（2016年）。今年（2017年）上半年写了一个长文，题作《从唯一之词到任意一词》，即将被著名的民间刊物《诗歌与人》以单行本的方式公之于众。我的体会是，要研究中国现代文学，古典文学修养、西方文学修养是必备的知识库存；而举凡哲学、人类学、历史学、社会学，甚至语言学和考古学等兄弟学科的知识最好也能兼顾。我希望自己的思考能有比较清晰的脉络。我不怕思想在成长上过于缓慢，只怕思想没有出处，也就是要么像齐天大圣那般横空出世，要么像"弄潮儿"那般追逐时髦。在回望来路时，我希望自己能看到思想的生长点在何处，它曾经历了哪些波折，哪些游弋和犹豫。既然思想有成长，变化自然就尽在其间，但不变的东西也自在其间。所谓"易有三义"："易简一也，变易二也，不易三也。"我希望自己以后还能继续向前延伸。另外，我还曾花了很多年时间，试图找到一种能与自然呼吸相吻合的学术语言。这种语言必须流畅、铿锵而不做作，在欧化的同时，尽可能恢复或尊重汉语自身的传统。总之，读起来很舒服，不仅不需要消耗过大的肺活量，而且还必须取悦于肺活量，让肺活量高兴。在 2012 年完成小专著《皈依天下》后，我似乎确信自己找到了这种语言。我的信条一直没有改变：既然是文章，那就必须漂亮。当然，漂亮不是花哨，不是浓墨重彩，但也不一定必须是朴素的和冲淡的。漂亮有各种姿态，就看哪一款适合你。

杜：最初是什么让您热衷于评论这一领域，能否简单谈谈您的写作经历？这一过程中您受哪些评论家影响较大？

敬：我中学时期的理想是做一名物理学家，未遂；不得已退而求其次，想做个诗人和小说家，也未遂。我是在误打误撞中，走上学术之路的。不过，在此我要纠正一下，我做的学术工作当然没啥了不起，却不是文学批评可以完全概括的。假如从 1992 年写出第一篇学术文章算起，我投身这个行当已经超过了二十五年，也写了近二十本书。还是刚才我说的，这二十本书除了小说集、随笔集和诗集，都是为了应对或者完成思想的自然成长。对，是成长，不是发展，甚至不是生长。发展一词太严肃，太古板，太抽象，太意识形态气；生长呢，很有些自以为是的味道吧。说到对我有影响的人，那就多了去了，各个专业和领域的都有。如果只谈文学批评，我敢肯定，如下先贤、前辈对我可谓影响巨大：刘勰、陆机、钱锺书、巴赫金、本雅明、巴什拉、罗兰·巴特。但我知道，他们只可瞻仰不可模仿。这些伟大人物给我的最大启示，可能还不在知识和思想的层面，而在做人方面：必须做一个不可被模仿的读书人。当然，如你看到的那样，我远没有做到这一点。

杜：众所周知，您除了做评论方面之外也是一位诗人，那么您是否尝试对自己的作品做理论批评？有没有得到一些奇特的体验？

敬：近十年来，不少人问到过你问到的这个问题。我的回答一直没有变过：我想当诗人而未遂，写下的所谓诗篇因此不可当真，我更不会无聊到去研究自己的诗。人也许在本能上都很自恋，但我希望能够尽量离它远些。

杜：您的新书《感叹诗学》中提到汉语诗歌必须以感叹为本质，而感叹来自作为内爆型延伸的诗之兴。在后现代主义的社会背景下，感叹如果作为汉语诗歌的本质，而每个个体拥有不同生命体验，如何判断他们创作出来的作品在本质意义上能归入同一条河流？

敬：我希望自己能找到古诗和新诗之间的“同”，而不是通常被突出的“异”。它们之间的“异”似乎从一开始就很清楚；百年来，人们在这上面纠缠不休，已经说了太多甚至太傻的话。我的理由或者凭靠很简单：只要是用汉语写诗，就有来自基因层面上的抹不去的相同成分，只因为它们是一个妈生的孩子。语言意味着宿命。如同一个人不能选择自己的父母，我们也不能选择自己的母语。很可能是汉语而不是其他因素，主导并形塑了华夏思想的面容、腰身和血液。我们身在其间，不可能不与之共命运、同呼吸。如果我多年来的观察和体会尚无大错，那么，汉语就是一种更宜于也更易于感叹的语言。它造就了我们民族的性格，也把这种性格带入了汉语诗歌的书写当中。从根本上说，感叹是汉语诗歌的宿命。所谓宿命，就是不得不如此的意思。汉语诗歌的全部优缺点,也许都自在其宿命性之中。但要注意的是：感叹并不是抽象的东西，更不是柏拉图的理念。它是活的，饱满的，充沛的，与汉语推崇的体用不二、道器杂陈相对称、相呼应。只有通过不同时代、不同诗人的不同体验，它才能得到真资格的展现。模仿海德格尔的句式：感叹只有在被不断展现的过程中，才可能更丰富；它愈被使用，就愈能完善自己。它的完善没有止境，它的可能性因此也没有止境。它不妨碍不同的体验，相反，它支持、鼓励体验上的差异性。

杜：汉语经历多年发展，其形态不断发生撕裂，一方面语言的指向朝着公共性、日常性转变，另一方面又保持着暧昧和模糊的古老特质，关于后者您也提到过这种遗传密码式的同一性，那么您认为在汉语写作中，如何处理这一语言割裂的矛盾？

敬：“五四”前后兴起的“以翻译改造汉语”运动，对其后的汉语样态影响巨大，我们至今仍然生活在这种语境之中。关于这个问题，多年来有过太多的讨论。甚至有人认为这场运动是失败的，它带来的简直就是语言灾难。对此，我的态度很现实，也很务实：我们必须强迫自己接受这份遗产，因为这就是我们今天的语言现实。明眼人能够看出，无论怎么变化，汉语的诗性成分仍然隐藏在它自身之中，就看汉语诗人们如何各展神通了。和其他许多语种一样，汉语的诗性成分和其公共性指向之间，并不必然构成冲突关系。它们因功能不同、任务迥异而各有路途，所谓河水不犯井水，或者车有车路马有马道。经过最近四十年来诗人、作家们的努力，汉语愈来愈行走于越来越光明的境地。我有理由坚信：被孔子、老子、庄子、太史公、陶渊明、李白、杜甫、苏东坡、欧阳文忠公、曹雪芹使用过的语言，绝不可能轻易就遭到破坏。它没那么“林黛玉”，更不是哈气如兰就能损毁的尤物。相反，它有强大的自我修复能力，甚至再生的能力。它的前途不可限量。我对它充满信心。

杜：东荡子在诗歌写作中有意地构建一个消灭黑暗的诗意世界，命名为“阿斯加”，而您也阐释过颓废这一概念在诗学中的意义，对于东荡子的写作，用您的观点应该如何去理解呢？

敬：法国诗人艾吕雅好像说过一句话：我怎么会歌颂黑暗，我比谁都更加热爱幸福。但是，无论如何，二十世纪都可谓人类历史上最悲惨的世纪，我们至今很难说已经彻底走出了二十世纪。在此前提下，一切艺术都以审丑为旨归，因为丑而不是美，才是我们的唯一现实。我们的艺术家，包括诗人，认为审丑才更有可能是唯一的诚实。不过，让不可能的成为可能，无疑需要更大的勇气、更好的心智和更大的决心。我当然愿意不可能的能够可能，比如变丑为美。东荡子显然不是一个人在战斗，他有自己的前辈和同道。他们之间需要互相鼓励。黑暗是必须要驱逐的，因为人不应该生活在绝望之中。但我对此很悲观：我们真的能生活在“阿斯加”当中吗？我对诗歌能否做到这一点持犹疑态度，可惜我已经无法就此问题求教于东荡子先生了。至于我所谈论的颓废问题，也许只是中国诗人提供的一种可能性,亦即对无意义人生进行有趣填充的可能性。它的意思是：人生毫无意义，但有些事情对人生有意义，比如酗酒、妇人，比如写诗。这就是说，没有意义的人生通过做一些对它有意义的事情，而获得了意义。这很悲哀，但也勉强算一条出路吧。你说呢？

杜：在文化工业盛行的时代，您对于文学有什么样的期待？对于“东荡子诗歌奖”您有什么看法？

敬：文学更应该承担唯有它才能承担的东西，凡是别的门类可以做的事情，就让别的门类去做。唯其如此，它才算完成了自己的任务。什么才是文学能够承担的东西呢？这个问题可能各有各的答案。我的答案是：尽可能穷尽日常生活的神秘性，进而揭示我们生存的神秘性，直达命运的领域，并给我们提供命运维度上的启示。我当然希望“东荡子诗歌奖”能奖励我提到的这种写作——但愿我这样说不是自恋，也没有冒犯其他人。

杜： 最后，您可以谈谈未来将进行的研究方向吗？

敬： 未来不可预期。但认真读书、诚实而谦逊地写作，在我，大体上还是可以预期的。谢谢。

2017 年 11 月 10 日，北京魏公村

为第十六届华语文学传媒大奖·批评家奖

——答《南方都市报》问

南方都市报（以下简称南）：您是一位诗人，同时也是一名学者、文学批评家。是什么特殊的因由让您将“感叹”指认为汉语诗歌的本质？如果“感叹”即是“高浓度的抒情”，“感叹诗学”是否也可称为“抒情诗学”？

敬文东（以下简称敬）：我只能说自己是一名未遂的诗人。我确实写过很多年诗，但不得不承认才华有限。我有很多杰出的诗人朋友，当有一天发现自己无论如何努力，也达不到他们的水准时，就放弃了成为诗人的念头，但并不意味着以后不再写诗。我的职业是教师，文学研究是职业的组成部分，因此，无论水准如何，都不能放弃，否则，就是失职。我们这一代学习文学的人，从一开始眼光都是向外的，很少认真回望自己的传统。也许是宿命吧，汉民族对待世界的态度是顺应，而不是西方式的反抗，所谓“存，吾顺事；殁，吾宁也”。这是一种十分高级的态度，对人类命运有着极为本质但又是相当素朴的理解。感叹因此成为这种态度的外显形式；汉语和汉语诗歌将之纳于自身，是自然而然的事情。半个世纪前，旅美华人学者陈世骧将中国文学的本质认作抒情传统，但抒情传统一说还是太抽象；将感叹认作抒情传统的实质或内涵，也许可以避免抽象性。但更重要的是，抒情传统由此更有可能或更容易找到解释和理解的思维进路。

南： 无论古典还是现代诗歌，其本质都是“感叹的”（抒情的），此一说法与自古以来的“诗言志”，以及孔子所说诗可以“兴观群怨”是否矛盾？

敬： 当然不矛盾。感叹既是“志”的声音外显，也是“兴观群怨”的声音化。古典汉语诗歌和现代汉语诗歌的区别，并不体现于语言媒介和形式，而是它们面对的经验有异。简单、透明并且稳定性很强的农耕经验对应的感叹更直接、更集中，爆发力很强；晦涩、瞬息万变的现代经验需要更隐蔽、更悠长、更不易于被察觉的感叹。顺便说一句，“诗言志”和“兴观群怨”的诗学观念并不是有些人认为的那样，已经过时。我倒觉得如果将它们跟现代汉语诗歌联系起来，大有可供阐释的空间。

南：虽然“诗三百”的本质特性不过“至情流溢，直写衷曲”，但抒情之诗并非“滥情”。从古至今，与情绪相对的“理性”在诗歌中占据怎样的位置？

敬：孔子“温柔敦厚”和“诗无邪”的诗教观念，决定了古典汉语诗歌的基本性格，滥情从理论上被排除在外，但不影响深情的存在，所谓“情之所钟，正在我辈”。但深情之存在，并不是绝对不允许理性（或理智）被诗歌纳于自身。宋诗就很喜欢说理。无论宋诗被后人鄙薄，还是尊崇，说理都是主因。现代汉语诗歌因为必须处理现代经验，又因为现代经验自有其晦涩不明的特性，极其需要为情感找到客观对应物，所以需要更多理智的成分。我更愿意将“至情流溢，直写衷曲”称作主心的诗学，脑为心之辅佐；将现代诗学看作主脑的诗学，心为脑之长随。但无论辅佐还是长随，都无贬义。

南：废名在北大的新诗课上曾说：“如果要做

新诗，一定要这个诗是诗的内容，而写这个诗的文字要用散文的文字。以往的诗文学，无论旧诗也好，词也好，乃是散文的内容，而其所用的是诗的文字。”今天，对新诗来说，“诗的内容+散文的文字”这个配方是否真正适用？同时，诗歌与散文之间构成怎样的关系？

敬：废名先生是真诗人和真理论家，他一语道破了新旧汉语诗歌的区别和内在联系。他之所以说至今仍然管用，是因为旧诗的保证是形式，有它在，散文的内容就可以转化为诗的存在。也就是说，旧诗被打破形式的藩篱后，其内容可以用散文来传达。新诗没有固定的形式，其形式只能是发明性的：每一次新诗写作，意味着发明一次跟这次写作相联系的形式，因此难度反而更大。因为没有形式上的绝对约束，新诗对内容的要求反倒极高。新诗的内容不能用散文来传达，这也许就是新诗和散文之间构成的关系吧。判断一节分行文字是不是诗的方法很简单：取消分行，看看它究竟是不是散文片段或小说片段，如果是，就肯定不是诗。

南：《感叹诗学》里论及，“孤独”作为现代的一种基本心理范式，成为汉语新诗的情绪底色。能否从您个人的写作经验出发，谈谈您对“孤独”的理解？如果将“对孤独的慨叹”作为“新诗的基本任务”，是否简化了现代性以及和现代性紧密相关的新诗的复杂面相？

敬：我在《艺术与垃圾》那本小书中提到，现代性的终端产品有两个：单子式的个人和垃圾。前者导致人与人互为可抛弃物；后者意味着物品只有今生而无来世。有了这样的视界，当然满眼都是人之孤独和物之孤独。现代汉语诗歌的感叹必将建立在这个基础之上。我要再强调一遍，它是基础，不是全部。宫殿的基址不是宫殿，但宫殿以它为前提。任何被新诗写到的主题和领域，都事先遭到过它的浸染。很难设想，不涉及孤独的现代汉语诗歌是不是合格的现代汉语诗歌；即使是不孤独，也得由孤独来定义，而不是相反。

南：“颓废并且笑着的诗篇”，是不是新诗百年为接续“感叹诗歌”的传统所做出的最大功绩？这条新的诗歌道路与后现代社会结合，预示着怎样的文学未来？

敬：中国历史上的颓废者都有苦涩的人生，因此大都有充满苦涩意味的感叹，也许庄子、陶渊明和苏东坡是罕见的例外。新诗写作中已经出现的“颓废并且笑着的诗篇”，至少给新诗的未来提供了新的可能性。有智者认为，“嗟穷叹老”的作品是文学中的下乘之作。此说虽然有些极端，但不无道理。所谓颓废，就是人生毫无意义，但有些事情对毫无意义的人生有意义。因此，“笑着”建立在热爱人生的基础之上，而不是否定人生的消极层面；“有些事情”正是“笑着”的来源和坚实根基，恰好能一洗“嗟穷叹老”的苦涩意味。庞德说，我发誓，我终生不写一行感伤的诗。此说也很极端，但它至少能给以哀悲为叹的中国传统诗学输入新的元素。

南：《感叹诗学》富于比兴，辞采摇曳，你自己怎么定义"诗论"这样一种特殊的文体？在写作的时候，您的学者身份要怎样去战胜您的诗人身份？

敬：我有一个固执的观念：中国是传统的美文大国，只要是文章，漂亮就是最基本的要求。多年来，我一直试图找到一种流畅、简洁、与呼吸相俯仰的学术文字，亦即在漂亮的语言层面书写学术。"诗论"属于学术领域，和其他学术形式相比，不应该有文字上的特殊性。特殊性仅仅来自不同写作者的特殊个性。我也不认为我在写作时诗人身份干扰了学者身份，因此需要后者战胜前者——假如我冒充诗人的话。我倒是觉得，我写诗的经历有助于我的学者身份，因为它给学者的我提供了学者语言方式之外的语言方式。语言即看见，即听到。维特根斯坦说，一个人的语言边界就是其世界的边界。有另一种语言方式帮助我，我也许可以听见和看见更多，能到达更远的边界。

《星星诗刊》2018 年年度批评家奖答谢词

各位嘉宾，各位我认识或不认识的朋友们，大家下午好！

很高兴获得《星星诗刊》2018 年年度批评家奖。这对我无疑是一项很高的荣誉。作为一个来自川北小县——剑阁——的四川人，我为获得四川的奖项尤感惊喜。在此，我必须要感谢评委们的错爱与谬赞。

在成为科学家的梦想过早终结之后，我的理想原本是成为一名诗人。事实上，从二十岁起，我就开始在国内的文学报刊上发表诗作，其中，就有《星星诗刊》这样的著名刊物。无奈自己才分不足、能力有限，只好像《星星诗刊》的创始人之一，我尊敬的流沙河先生，曾经自我调侃的那样：不能做新媳妇，那就改行做媒婆吧，也就是在诗人和读者之间，充当中介或桥梁。

我所理解的文学批评大致上是这样的：深邃的思想、渊博的学识、敏锐的洞察力和判断力、对构成文学文本的每一个语词的高度敏感、优雅的行文、简洁的总结概括能力、纯正的文学道德感、诚实谦逊的态度——对于文学批评来说，以上诸要素缺一不可，也不可一日或缺；而不出自思想家之手的批评文字一文不值。我愿意再说一次：我心目中的批评家的典范，是刘勰、王国维、钱锺书、巴赫金、巴什拉、本雅明、罗兰·巴特、艾柯，当然，还可以加上钟嵘、金圣叹、张竹坡、莱辛、诺思洛普·弗莱、埃德蒙·威尔逊等人。他们呕心沥血的著述反复向世人表明：伟大的批评家所能达致的思想高度与成就，并不下于任何一位伟大的诗人或作家。诗人、作家和批评家虽然取径不一，但无不致力于探索个体之人和种群之人在宇宙中的位置，无不热衷于人类的命运，以及命运的谜底——假如谜底有可能获得的话。不过，我马上要说的是：在一个异常平庸的时代，我们每个人在说出“伟大”这个词时，不仅需要慎之又慎、小心复加小心，还得保持足够的羞耻感，才能让“伟大”这个词不被羞辱。

多年来，我以上述言辞所能传达出来的苍凉心境，勉力却力不从心地从事批评工作。我猜，跟我三十年前没能成为一名诗人的命运大体相若，我也肯定没有希望成为我心目中的那种批评家。这不仅仅是才分的问题，更兼有时也、运也、命也的因素在内。对此，我很遗憾于我的无能为力，但尤其是我的命运不济。虽然我刚过知天命之年而不知天命究竟为何物，却较早懂得一个极为简单的道理：认输是智慧的起点。此后，我仍然会以知其不可而为之的心境，在愿赌服输的层面，勉力从事这项对我来说几乎毫无希望的工作。这口吻听上去很悲壮，细思之下却必须承认：唯有这等悲壮，才配称真相。不管怎么说，进德修业、心向大道，至今仍然是值得我们中国人追求的人生目标。今天，我如此幸运，居然在这里意外获得了一个自我勉励、自我加油，甚至自我加持的机会。我必须再一次谢谢各位认识或不认识的朋友，谢谢到场的诸位嘉宾。

2019 年 5 月 6 日，北京魏公村

答“未来文学”公众号问

未来文学（以下简称未）： 还记得第一次接触书的情形吗？我指的是心灵接触或震撼心灵的那种。

敬文东（以下简称敬）： 至今记得小学一年级的某个早晨，我能突然流利阅读语文课本时的欣喜感,那种感觉只有饥饿年代吃到肉的感觉可堪比拟。

未： 你花钱买的第一本书是哪一本？它给过你怎样的好感或恶感？

敬： 我买的第一本书是《新华字典》，记得是父亲帮我买的。目前看来它有很多缺点，但它确实被我当作“拐杖”使用了很多年。

未： 迄今为止，对你影响最大的作家是谁？谁曾经充当过你的文学“先父”或“教父”？

敬： 对我影响最大的作家或诗人是陶渊明和博尔赫斯；如果一定要给自己的文学生涯找一个“教父”，那应该是鲁迅，但他早已是“先父”。

未：你的童年缺乏书籍吗？如果缺乏，你想过怎样的法子将它们弄到手？

敬：我童年时基本上不缺乏书籍；那时所读的书都是去书店买的，我生活的那个小镇没有图书馆。

未：你反复重读的书是哪几本？最多重读过几次？

敬：说起来很奇怪，我反复重读的书，竟然是马尔康姆的小册子《回忆维特根斯坦》，前后读过七八次吧。

未：你阅读最多的阶段是在哪个时期？有人说失意、失恋或工作受挫会使人想到求助于书。

敬：我的自我感觉是，随着年龄增长，在数量上反倒是一年比一年读得多。

未：博尔赫斯说，如果有天堂，那它就是图书馆的模样。你熟悉你所在地区图书馆的位置吗？它们与你的距离分别有多远？你还常去图书馆吗？

敬：我离中国最大的图书馆——中国国家图书馆很近，步行只需要十分钟。但是很好玩，我居然没有借书证。我需要的书，都是我的学生帮我去借。当然，每次我都得请他们吃饭。顺便说一句，这是当教师唯一可能的“腐败”之处。

未：*请描述一下你的书房。有些人的卧室里也堆满了书，如果你愿意同时描述一下你的卧室，那么我们也很欢迎……*

敬：我家房子不大，但我一个人有两个书房，都堆满了书，地上、窗台，到处都是。客厅里也有书柜。但我不是藏书家，一个穷人不应该对收藏有兴趣。我现在只买和只借马上要读的书。我偶尔在床上看书。

未：*在接受访谈的这一个周里，你的枕边书是什么？假如你正在出差的路上，你带上旅程的是哪一本？*

敬：这几天因为回四川父母家过春节，带回的书不多。目前正在看的是王小盾先生的《经典之前的中国智慧》。我外出喜欢坐高铁，看风景、看书都很享受。如果我现在出差，我会读张祥龙的《拒秦兴汉和应对佛教的儒家哲学》。这本书我刚看完一章，很有意思，所以准备读它。

未：据说，每个人都有自己最舒坦的阅读姿势。你是窝在沙发里还是躺在床上？是边喝茶还是边抽烟？

敬：我读书一般是在书桌前，背靠椅子，双脚放在书桌上，旁边是电脑和茶壶、茶杯，可以随时做笔记和记录心得。医学上认为，这是一款适合中老年人的读书姿势，因为有助于血液畅通。

未：假如地球就要灭亡了，有十本书可以“幸存”，你希望是哪十本？

敬：《周易》《论语》《史记》《孟子》《五十奥义书》《圣经》《忏悔录》（奥古斯丁）、《神曲》《逻辑哲学论》《词与物》。

未： 假如未来有一种记忆芯片，能够将书籍植入你的脑袋，你愿意接受吗？如果愿意，你打算接受什么样的书？

敬： 我不愿意接受。因为有了这玩意，就失去了阅读的乐趣。我偏爱残缺之美，不敢奢望完美和永恒。完美和永恒不属于我辈，但我乐意它们属于某些尤物。

未： 你觉得未来的文学创作会不会被微软小冰那样的机器人取代或部分取代？你会看这些机器人的作品吗？

敬： 我不相信文学创作会被机器人取代。人没有造人的能力，造人纯属造物主的天职。

未： 如果有一台机器可以“翻译”或记录你昨晚的梦境，你愿意尝试吗？因为你很可能在梦里正遇见一个奇妙的故事，或一长串漂亮的文字。

敬： 当然愿意。2001年我写了一部小说，叫《回忆将来》，就虚构了录梦机这种机器，通过它，我们可以获取一部由梦境组成的人类史。

未：你每年花多少钱买书？多少时间看书？譬如一天平均两小时……

敬：买书每年得有一万元左右吧。我是职业宅男和职业读书人，读书每天肯定不止两小时。

未：你希望从阅读中获得哪些东西，社会生存术？待人处事的智慧？知识上的满足？情感的感知？抑或生死终极问题的解答？

敬：读书是求道，是寻找智慧，是获得悲悯之心。“朝闻道夕可死也”是读书的最高境界。

未：阅读会给你带来快乐吗？如果会，这种快乐是浅层的还是深层的？

敬：阅读当然能带来快乐，没有任何肉体的快乐能赶上智性的快乐，但智性上的快乐必将引起肉体上的快乐。

未：你会在与友人聊天时互相推荐书目吗？你

信赖友人这方面的推荐吗？

敬：当然会互相推荐书目，我当然信得过推荐给我书的朋友，因为我的朋友们都很优秀，都是书痴。

未：听说，你为乡村孩子买了一些书寄去，你为什么会选择这些书？

敬：给孩子们选书当然要选适合他们读的书；要让他们知道书中写的那些他们从来没见过但可以想象的东西，让他们知道山外的世界很大，这个世界或许也属于他们。

未：如果你想让你的某个友人也来回答上述问题，你想@谁？你最想他来回答哪一个问题？

敬：我想@吴洪森先生，我的大师兄，想让他回答：假如地球就要灭亡了，有十本书可以“幸存”，你希望是哪十本？

2018年2月15日，广元南河

后　记

有那么一段时间，大约是 17 岁到 23 岁吧，我的确有志于成为一个诗人。很多年过去了，我不知道实现这个梦想的概率还剩下多少。百分之一？还是百分之五？这样问当然是荒唐的。不过，有一段时间我确实这样问过自己。好在除了最初几年天天一门心思写诗，最近十余年，我实际上已经很少提笔写分行文字了，有关百分比的疑问归根到底是毫无意义的。成不成为一个诗人，对我来说，也是一个伪问题，接近于毫无意义。

收在这个集子里的诗作，是挑选和自我妥协的结果。有的作品因为有几个句子不错，被我选进来了；有的作品因为对我有纪念意义，所以也被选进来了；还有的作品是因为好玩——纯粹的好玩，于是干脆网开一面，让它们拱进来了。除了这三类标准，我实在找不到其他可行的办法。

这本诗集所收的作品在时间跨度上虽说有 32 年之久，但其中较长的一段时间是空白。这有两种情况。1990—1992 年之所以没有诗作入选，不是因为那几年没有写诗，或者那几年写的诗数量有限，而是因为那几年写的东西实在难以卒读。那几年我误打误撞，走到“歪门邪道”上去了，而且还为此花费了不少心力。我很愿意对自己宽容，但无论使用哪种宽容的标准，都很难将它们挑选进来。2005—2018年间，我除了写有两首短诗，没有写出过一行诗句。理由很简单，我觉得自己没有成为诗人的能力；最近恢复写诗，不过是重拾旧爱而已，算不得对自己怀有诗人的期待。

在编这本集子的时候，我曾经试图修改其中的作品，尤其是早期的作品。但我觉得这是一件难以完成的事情。我今天的语言方式和从前的语言方式相差太远了，修改它们只会适得其反。我犹豫再三，彻底放弃了这一不切实际的打算。

收在这本集子里的作品大体上都曾经发表过。收在这本集子里的早期作品几乎全部发表过。为了发表早期的诗作，我使用了一个很有些愤青特色的笔名（那也是我用过的唯一一个笔名）。现在想起来，那都是三十年以前的事情了。时间是不是过得太快了？

诗是灵魂的事业，和名声无关，甚至和诗的质量无关。只要一个人觉得自己需要诗也凑巧能写两句歪诗，给需要滋养的灵魂一个差强人意的交代就行了。别的嘛，实在无关紧要。好在我们的灵魂除了对诗有需求外，对很多其他美好的事情和事物也有需求。这当然不是一种建设性的态度，但也确实不是在为自己寻找托词。

若干年来，我被少数几个人善意地称作诗歌批评家，也被更少数的几个人恶意地称作诗歌批评家。不管是善意还是恶意，其实都是误解。我无意成为诗歌批评家，尽管我不认为成为一个诗歌批评家是一件容易的事情。但也确实是因为有了这一“恶名”，我才放弃了出版诗集的念头。现在将它们编在一起，完全是出于这套丛书的主编张清华兄的厚爱和错爱；如果没有他的鼓励，我决计不敢如此胆大妄为。

感谢我的学生夏至姑娘为本书设计插图；感谢责任编辑辛小雪女士的辛勤劳作。

是为后记。

2021 年 3 月 11 日，北京魏公村